神様ゲーム

麻耶雄嵩

講談社文庫

神様ゲーム

麻耶雄嵩

講談社

目次

神様ゲーム

誕生日

「芳雄（よしお）。お誕生日おめでとう」

部屋の灯りが消え、暗闇の中に十本のロウソクがぼんやりと浮かび上がった。赤、黄、青、緑。色とりどり。まるで街の夜景のような美しい煌（きら）めきが、ケーキの上で広がっている。

七月十一日。今日はぼくの十回目の誕生日。

ふーっと強く息を吹きかけると、オレンジ色の炎は左右に大きく揺らいだあと、次々と消えていった。ロウソクの一本一本が、ぼくの誕生日を心から祝福してくれているかのように。

そんな中、一番奥の赤いロウソクが一本だけ消えずに残った。ぼくの渾身（こんしん）の息な

どお構いなしに、ケーキの端っこで今なお元気に燃え盛っている。

「一本残ったな。だらしないぞ」

隣に座っていた父さんが残念そうに笑った。ハハと低く大きな声が、暗いダイニングに谺響する。

「そういえば去年も一本だけ残ってたわね。どうしてかしらねぇ」

エプロン姿の母さんが追い打ちをかけるように呟いた。ロウソク一本の薄暗い中でも、華奢な首を傾げて困った表情をしているのがわかる。

でも、この中途半端な状況に、一番困っているのはぼくだ。

どうせ消えないなら三、四本まとめて残ってくれればいいのに。それだと諦めもつく。一本だけ残っていると、もったいないというか、せっかく誕生日を迎えたというのに、まだ歳をとっていないような気がしてしまう。

母さんの言葉どおり、去年も一番奥のロウソクが一本残った。同じ赤いロウソクだった。悔しかったので、はっきりと覚えている。そして、母さんは忘れているみたいだけれど、一昨年も赤いロウソクが一本だけ残ったのだ。その前の年はもう記憶にないけど、同じように赤いロウソクが一本だけ消えずに残った気もする。もしかするとその前の年も、そのまた前も、同じように残っていたかもしれない。

きっとぼくは、誕生日に赤いロウソクが一本だけ残る、そういう運命なのだ。かなりブルー。

父さんも母さんも、ぼくの誕生日を勘違いして、一日早く覚えてしまっているのかも。そんな理不尽な疑いさえ生じるほどに。本当はまだ九つなのに、一日早く十歳の誕生日を祝うからこんな目に遭うんじゃないかと。

当たり前のことだけど、ぼく自身は自分が生まれた当日のことなんて全然覚えていない。気がついたときにはもう四歳くらいで、前に住んでいた官舎のベランダで転んで泣いていた。それ以前のことはいくら脳味噌を絞っても何も思い出せない。三歳頃まで母さんを『ママうえ』と呼んでたことも、なぜか百円ライターに興味津々で、父さんがそこら辺にほったらかしにしておくとすぐ手にとっていじくり回そうとしていたことも、あとから聞いて記憶に刷り込まれているにすぎない。

だからこの不運な現象は、神様が誕生日にはまだ早いと警告しているせいに思えて、なんだかイヤな気分になった。ばかばかしいけど、こう続くと本気でそう信じたくもなる。きっと正しい誕生日にロウソクをふき消すと、全部きれいに消せるんじゃないか。

ぼくはヤケになって最後の一本をめがけてぷうと強く息を吹きかけた。去年と同

じように、あっけなく炎は消えた。待ちかねた感じで、ぱっとダイニングの照明がつく。

　シーリングライトの光はテーブルの上の真っ白なバースデーケーキを照らし出した。周囲には苦労して消した十本のロウソク。ケーキの真ん中には偽物のプーさんが軽やかにサーフィンをしている砂糖菓子が載っており、チョコレートでできたサーフボードには白い文字で〝ハッピーバースデー　よしお〟と描かれていた。ぼくはプーさんよりスーパーで売っているダビレンジャーのケーキがいいんだけれど、母さんはいつも既製品より手作りのほうがおいしいからと駅前のロベルトでプーさんを買ってくる。たしかに味の点ではプーさんのほうが勝るけど。

　もう十歳になったんだし。そのへんはゆずらなきゃいけないかも。

「来年こそは全部消せるといいな」

　父さんが大きな手のひらで二、三度ぼくの頭を撫でた。いや、父さんは撫でたつもりだろうが、ぼくの頭蓋骨ははたかれたくらいの衝撃を受けていた。刑事だけあって父さんは筋肉質のがっちりとした体格をしている。高校時代は柔道も強かったらしく、県の代表になったとよく自慢していた。

　でもぼくはクラスの中では貧弱なほうで、運動も中の下。母さんが小さいからそ

のせいだと思うのだけれど、父さんは「おれの子にしては成長が遅いんじゃないのか」といつも心配している。その言葉がプレッシャーになっていて、それを払いのけるためにも今年はロウソクを全部消したかった。でも……来年も結局は一本残るんじゃないか、なんとなくそんなイヤな予感がする。

「でも来年は一本増えるんだからまた大変よ。肺活量を増やさないとね。そのためには好き嫌いをなくさないと」

油断なく説教を織り交ぜて、母さんはナイフでケーキを切り分けた。大きなケーキが六つに分断され、そのうちの一つがぼくの目の前に置かれた。六分の一。せっかくの大きなホールケーキが小さくなるのは見るからにもったいない。中学生になったら大きなケーキをまるごとかぶりつく。

ちっぽけだけど将来の夢だ。

「残りは明日にしましょうね」

と、三きれが皿ごと食器棚にしまわれた。そのあと母さんはティーポットで紅茶を注いだ。眠れなくなるからと一杯だけ。これも中学に入ったら三杯飲んでやる。中学生になったら紅茶もコーヒーも何杯おかわりしてもいい、と父さんが約束してくれたのだ。

「芳雄、ほら、誕生日のプレゼントだ」

ケーキをひと口食べた時、父さんがごそごそと背後から大きな箱をとりだした。おもちゃ屋のマルイの包装紙。さっきから父さんの背中ごしにちらちらと見えていて、ずっと気になって仕方がなかったものだ。

ダビレンジャーのジェノサイドロボのデラックス完全版をリクエストしておいたんだけど、どうだろう？

父さんは刑事の仕事が忙しく、ぼくが起きているあいだに帰ってきたことはほとんどないし、休みの日も家にいないことが多い。だから母さんを通じてリクエストがきちんと伝わっているか不安だった。去年、タクラマカン5のネクロフィリアロボを頼んでいたら、出てきたのは合体変形ができない安いタイプだった。安いほうはゲームソフトを我慢すれば買えるけど、デラックス完全版は高くてこんな時しか買ってもらえないのに。

「開けていい？」

今年こそデラックス完全版でありますように。そう祈りながらワシャワシャと包装紙をはぎ取る。見ると、箱の中央に金色の文字で『ＤＸ完全版』と大きく書かれていた。

「ありがとう！　父さん」

たぶんぼくはものすごく嬉しい顔をしていたのだろう。父さんは「高かったんだから大事に遊べよ」と四角い目を細め満足げに頷いていた。

ロウソクは一本残ったけれど、最高にハッピーな誕生日だ。

「ねえ、父さん？　猫殺しの犯人ってまだ捕まってないの？」

最後のひと口、偽プーの砂糖菓子を紅茶で流し込んだあと、ぼくは真剣な口調で訊ねてみた。

猫殺しというのは、最近ぼくの住む神降市で連続して起こっている悪質な事件のことだ。五月からこの二ヵ月ほどの間に四件、市内の野良猫が次々と殺されている。それもただ殺すだけでなく、一件目は首と尻尾を斬って両手を縛り上げ吊されていたし、二件目は左手と左脚を付け根から斬って俯せにして放り捨てられていた。三件目はいっそうひどく、両手両脚を斬りとられ、四件目は首と両脚が切断されていた。

どの場合も斬りとられた手足は現場に残ってないらしく、犯人が持ち帰ったか別の場所に埋めたかしたのだろうといわれている。とうていまともな人間の仕業では

ないので、新聞に猫殺しの記事が載るたびに、まるで近所の子供が殺されたかのように母さんは怯えていた。同じ市内にそんな危険な人間がいるなんて、絶対に信じたくないようだ。

「猫殺し？　ああ、あれか。まだ犯人は捕まってないらしいな。でも先週から不審者の職務質問を強化したり、みんな懸命に捜査しているんだよ。それに、こんな小さな町であんなことが長く続けられるはずもないから、安心しなさい」

一足早くケーキを食べ終え紅茶からビールに切り替わっていた父さんは、ナイターを見ながら呑気に答えた。母さんから、家では父さんに仕事の話はしないようにって云われていたけど、この事件だけは特別だ。案の定母さんに「芳雄！」って注意されたけど、引き下がるわけにはいかない。

なぜならクラスメイトの山添ミチルちゃんが可愛がっていたハイジが、三日前に四匹目の犠牲者になったからだ。ミチルちゃんのマンションはペット禁止だから、正確にはミチルちゃんの飼い猫ではない。マンション裏の自転車置き場を根城にしている野良猫で、ミチルちゃんがちょくちょく餌をやっていたのだ。

ハイジは体は真っ白で足の先だけ黒い猫で、首輪をしていたからどこからか逃げ出したんだろうけど、ただの野良猫にはない気品みたいなものが、翡翠のような瞳

やピンと伸びた髭、スマートな体つきからにじみ出ていた。そのハイジが少し離れた神降川の土手に、首と両脚を断られて捨てられていたのだ。頭も首輪も現場にはなかったけど、ハイジの腹部には水色の蝶の形をした痣があり、それでハイジとわかったようだ。

　幸いぼくもミチルちゃんもハイジの無惨な最期を見ていないが（もしミチルちゃんが目撃していたら、きっとひと月は学校に来なかっただろう。そうでなくてもミチルちゃんはたびたび学校を休むのだ）、隣のクラスの光徳のお兄さんがジョギング中に発見したため状況だけは詳しく知っていた。首と脚の切断面から内臓みたいな柔らかくどろどろしたものが飛び出していたらしく、その光景があまりにひどくて光徳のお兄さんは二日間熱を出したらしい。

「早く捕まえてね。クラスメイトが可愛がっていた猫なんだ」

　その言葉で父さんも少し本気になったようだ。への字の太い眉毛を寄せて、きりっとした真面目な顔つきになると、

「そうか。それならがんばるように、よく云っとかないとな」

「あなた、そんなに気にしなくても。あなたは別の大切な仕事があるんでしょ」

　父さんは人殺しを相手にしている危険な部署で、猫殺しの犯人とは別の係だ。今

は駅二つ向こうの小出町で起こった殺人事件の捜査で忙しいらしい。ただ今日だけはぼくの誕生日のために、特別にやりくりして早く家に帰ってきたのだ。

父さんは母さんを見ると、

「いや、猫殺しは往々にして人殺しにエスカレートするもんだ。今のうちに捕まえておかなければ大変なことになるかもしれない。ああいった馬鹿者が次に狙うのはか弱い子供の可能性が大きいからな」

「それはそうですけど……あんまり芳雄を心配させるようなことは云わないでくださいよ」

でもそのうち子供が襲われるかも、というのはすでに先生たちも警戒していることだった。夜になったら一人で出歩かないようにと何度も先生に注意されたし、三番目の事件が起こった頃から、保護者宛に注意を促す連絡紙を何度ももらっていた。母さんもそれを知っているので、いつもなら何回りも体の大きい父さんを圧倒するような声を張り上げるのに、今回はすごく小さい。

「芳雄、お前も探偵ごっこで遅くまで遊んでるんじゃないぞ。探偵や刑事になりたければまず体を鍛えることから始めるんだ」

なんだか雲行きが怪しくなってきた。せっかくの誕生日に、父さんが家にいるた

まの日に説教されたんじゃかなわない。

「絶対に、絶対に捕まえてね」

ぼくはそれだけ念を押すと、ごちそうさまを云って二階へ上がっていった。

神様

　昨夜はジェノサイドロボを堪能しすぎて、ちょっと寝不足気味だった。やっぱり合体変形はモノが違う。目覚まし時計が鳴ってもなかなか起きなかったので、あやうく母さんにロボを召し上げられそうになった。

「ジェノサイドロボ、買ってもらったよ」

　月曜日の朝、四年一組の教室でそう岩渕英樹(いわぶちひでき)に報告すると、

「いいなあ。デラックス完全版なんだろ。ファイナル・イェシバーが回転して光ったりするんだろ」

　英樹は黒目が大きな眼で羨ましそうにこちらを見た。英樹はぼくの親友だ。それまでも仲の良い友達だったが、去年のキャンプで道に迷ったところを二人で乗り切

って以来、無二の親友になった。英樹の体格はぼくと似たり寄ったりで、運動が不得手な者同士という点でも気が合った。

「おれは誕生日が十二月だからクリスマスと合わせ技で買ってもらうしかないよ。どうせ芳雄はクリスマスには新ロボも買ってもらうんだろ」

「どうかなあ、デザインがよければ頼むけど。ちょうどその頃にファイナルサーガのⅧとドラゴンオーブのⅣが一緒に出るという噂もあるし、そっちになるかもしれない」

先週の予告篇ではジェノサイドロボが二体の敵に手足をもがれピンチに陥る映像が流れていた。時期的にそろそろ新ロボが登場する頃合いだ。

「なんだゲームもまとめてかよ。おれのとこは知ってのとおりゲームはＮＧだもんな。芳雄ん家は金持ちでいいよな」

イスから両脚を投げ出して英樹は口を尖らせた。出っ歯なので尖らせてもわずかに歯が見える。英樹は親の方針でＴＶゲーム機を買ってもらえない。そのためぼくの家にちょくちょくゲームをしに来るのだ。

「別に金持ちじゃないよ。すき焼きは豚肉だし。ただ父さんがいつも家にいないから甘いだけだよ。それより英樹のところのほうが金持ちだろ。歯医者って儲(もう)かるっ

て聞くよ。それに塾なんかに通わせてもらってるし」

ぼくの友達の中で塾に行っているやつは英樹ぐらいしかいない。まあ、お金の問題より、親が必要性をあまり感じていないと云ったほうが正しいけど。小学校から塾に通うのは東京とかでは当たり前のことらしいけど、ここ神降市では珍しいことだった。

「おれの親は金の使い方を間違ってるんだよ。塾に行けばおれが賢くなると信じているんだから。その分をゲームにまわしてくれたら、おれの脳細胞も活性化するってのに。二人ともわかってないんだ」

うんざりした顔で、英樹は教室の天井を見上げた。これまで英樹はちょくちょく塾をサボり、そのたびに叱られて、今度サボったらお小遣いを減額すると通達されていた。そのため、おれは勉強するためじゃなく小遣いをもらうために塾に通ってるんだと、つね日頃ぼやいている。

「でも、この前のテストじゃぼくより国語の点が上だったじゃないか」

今まで国語と理科では英樹に負けたことがなかったのが、先日初めて国語で負けたのだ。やっぱり塾の威力はスゴイなと素直に感心した。行きたいとは決して思わないけど。

「歯医者の跡継ぎが国語の成績だけ上がってもな。芳雄、そんなに塾がいいんならおれと代わってくれよ」

「いや、ワシは結構ジャ」

ダビレンジャーのタルムード司令の口調を真似てぼくは断った。タルムード司令は今年八千歳になる宇宙の賢者で、ダビレンジャーの頭脳でもある。

「おれも結構ジャよ」英樹はますます口を尖らせてそう云ったが、すぐに真顔に戻ると、

「そうそう、おまえの父さんどうだった？　猫殺しの件、何か話してくれたか？」

「いや、ぜんぜんダメらしい」ぼくは首を振った。「でも、ああいうのはそのうち人を殺すようになるから、今のうちに逮捕しとかなきゃいけないって」

「オヤジが云ってたけど、五年前に神降市に大学ができたせいで夜中もうろうろしているヘンなやつが増えたらしいからな」

それは前に父さんもぼやいていた。昔は夜は人通りがなく、歩いていれば目立って、どこの誰とすぐにわかったらしい。それが今はコンビニやカラオケ店が増えたせいで深夜も人が多く、そのうえ市外からも大学生が流入してくるので、犯人を簡単に絞り込めないというのだ。猫殺しだけではなく、空巣やひったくりの類も五年

前までとは桁違いに増加しているらしい。ここもそのうち東京や常世市のようになるのかもな」

常世市は大きなデパートや屋内プールがある県庁所在地だ。ここから電車で一時間ほどで、何度か連れていってもらったことがあるが、平日でも通りに人があふれかえっていた。

「まあ、神降がどうなろうとおれには当分関係のないことだけど」

寂しそうに英樹がつけ加えた。親の命令で英樹は常世市の私立中学を受験させられるらしい。神降大学には歯学科はない。だから大学を卒業して歯医者を継ぎに戻ってくるまでは、ここに戻れないことになる。逆にぼくは大学生になってもずっとこの町にいられるので、神降市に大学ができたことはむしろ喜ばしいと思っていた。噂では神降大はほとんど勉強しなくても入れるらしい。

「でも猫殺しのほうは早く捕まえてくれないと、安心できないよ」

ちらと一番後ろの席を見やりながらぼくは云った。後ろではミチルちゃんが友達二人と話している。彼女たちの冗談にミチルちゃんは小さな口を軽く開け笑っていたが、空元気のようにも映る。

　ミチルちゃんは三年前に東京から神降市へ引っ越してきた。ここにはお母さんの実家があり、離婚したために戻ってきたという。ただ実家には住まず、今はお母さんと二人で浜田町（はまだちょう）のマンションで暮らしている。田舎育ちのぼくらとは違って、ミチルちゃんは転校してきた三年前から、顔立ちや服装が垢抜（あかぬ）けていた。色白で、笑うと八重歯が印象的。大きな瞳と、ショートカットの髪から出た耳が綺麗なカーヴを描いているのが、すごくチャーミングだった。いつもまぶしいくらいに真っ白な服を着て、華奢でおとなしく、いかにも守ってあげなきゃといった感じ。お母さんは鼻筋の通った美人で、結婚前はコンパニオンをしていたそうだけど、ミチルちゃんもその遺伝子を確実に受け継いでいた。

　そんなわけで、ぼくは転校初日からミチルちゃんに片想いしていた。

「山添ミチルが気になるのか」

　肘でこづきながら、英樹が冷やかした。

「そんなんじゃないよ」

「無理すんなって」英樹はカマキリのような口を大きく横に広げて笑うと、「お前はすぐ顔に出るんだから。山添、かわいいじゃん。おれも気になってたよ。でもおれはあと二年でここを出るから、残念だけど山添はお前に譲るよ。だからおれが卒

業するまでに、ぜひあつあつなところを見せてくれよ」

心が広いのか、ただ大人ぶっているだけなのかよくわからない。そもそも譲ると云われても、肝心のミチルちゃんのほうにその気があるのかすら知らないのに。仲は良いけど、好きな相手がいるかもしれないし。ただ一ヵ月前に六年生に告白されて、「他に好きな人がいるから」と断ったという噂を聞き、実際少し前にぼくん家のことを何度か訊かれたので、もしかしたらって、わずかな希望は持っているけど。

「それに山添も浜田探偵団のメンバーだろ。他の連中よりチャンスはいっぱいあるじゃないか」

「そうだけど」

「全力で応援するよ、芳雄。……なあ、だからおれも探偵団に入れてくれよ」

柔らかい仕草で英樹はすり寄ってきた。

そう来たか。困って返事を渋っていると、

「だめだ、だめだ」

そばで聞いていたのだろう。ミキサー車のようないかつい顔をして、坂本孝志(さかもとたかし)が突然割って入ってきた。孝志は探偵団のリーダーだ。

「英樹もしつこいな。浜田探偵団は浜田町のやつしか入団できないんだ。それが探偵団の鉄の掟だ。決して曲げるわけには行かないんだよ」

中学生なみの体軀と声で孝志はぴしゃりと退けた。孝志は運動万能、頭脳明晰（これは嘘）、眉目秀麗（これも嘘だ）、完全無欠のリーダーを自称している。着ているシャツもリーダーに相応しい赤系統の色ばかり。その上探偵団を創設したのも孝志。だから孝志が決めた鉄の掟は絶対だった。

「英樹も自分の松茂町で探偵団を創ればいいだろ」

「創ろうとはしたさ。でも、松茂のやつはみんなやる気がないんだよ。それに基地もないし」

基地というのは浜田探偵団の本部のことだ。浜田町にある神降山の山の中にあるのだが、その位置は団員以外には秘密になっていた。

「そもそも英樹は塾で忙しいはずだろ。探偵団は集合の時は必ず集まらなきゃならないんだぜ」

「わかったよ。だからそんなに大声で怒鳴るなよ」

孝志の巨体に気圧されて大人しく引き下がるも、英樹は未練がましい目でぼくを見ている。でもこればっかりは親友の頼みとはいえ教えるわけにはいかない。

「ごめんな」と、ぼくは英樹にだけわかるように小さく謝った。

「芳雄も絶対に教えるなよ。掟を守らないやつはメンバーから嫌われるぞ」

英樹が去ると、今度は矛先がぼくに向けられた。孝志は自ら創設した探偵団を愛するあまり、このことになると急に威圧的になる。普段は面倒見のいい頼れるやつなんだけど、ジキル博士とハイド氏のように豹変するのだ。

でも孝志が今口にした〝メンバー〟とは、ミチルちゃんのことを指しているのだろうか。今の英樹との会話を聞いて？　それとも英樹が指摘したように、ぼくの顔にいつも出ていたんだろうか？

どちらにしろ、英樹には悪いがミチルちゃんのことがなくても教えるつもりはない。友情と掟は別物だ。もちろんミチルちゃんに嫌われたくもないし。

「わかってるよ」

肩をすくめて、ぶっきらぼうにぼくは答えた。

＊

今週はトイレ掃除の当番が鈴木太郎と同じだった。ぼくの班には男が三人いるけど、班長の孝志が楽なトイレ外の手洗い場掃除をとってしまったので、男子トイレ

は鈴木君と二人きりだった。

鈴木君は半月前に転校して来たばかりなので、同じ班とはいえほとんど話したことがない。特徴のない薄っぺらい顔立ちで、その上無口。背格好も普通くらい。朝礼だと列の真ん中に位置していて、壇上の校長先生も見逃すくらいに地味な存在だ。人のことを云えるほど、ぼくが派手なわけじゃないけれど、そんなぼくから見ても鈴木君はすごく地味だった。

そのせいか休み時間でも机でひとり本を読んでいる。転校生ということで最初は声を掛けたやつもいたが、気のない返答にわずか一週間で誰も構わなくなってしまった。鈴木君のほうもそれを気にしていない様子。

「ねえ鈴木君」

始まりのチャイムが鳴るなり、黙々とデッキブラシでタイルを磨き始めた鈴木君に、ぼくは声を掛けてみた。ただでさえ気の乗らないトイレ掃除。喋ってでもいないと全然つまらない。もしかすると話してみると案外面白いやつかもしれないし。

「鈴木君はどこから転校してきたんだい」

先生が名古屋からお父さんの都合で来たと説明していたし、何人かがういろうの話を訊いているのを見たことがある。鈴木君の愛想が悪いためにすぐにいなくなっ

てしまったけど。だから知らなくて訊ねたわけじゃなく、話の契機として訊いたのだ。

だが顔を上げた鈴木君の答えは違っていた。

「ぼくかい？　ぼくは天上から来たんだよ」

「天井？」

思わず老朽化してしみだらけの天井に目をやる。神降南小は市内の小学校の中で校舎がもっとも古く、ぼくが入学したときから改築の噂がある。でも四年経った今もずっと古いままで、きっと卒業するまでこのままなんじゃないかと今では諦めている。

「その天井じゃなくて、天の上の天上だよ」

か細い声だが、澄ました顔で鈴木君は云った。信じても信じてくれなくても、どっちでもいいや……そんな感じだ。最初、鈴木君がふざけてるのかと思った。でも様子がちょっと違う。

「鈴木君は空に住んでたの？」

名古屋の学校で流行ってるジョークか何かかも、と思いながらつき合うように訊ねると、

「違うよ。もっと上」

タイルを磨く手を休めず、鈴木君は答えた。

「宇宙？」

「近づいたね」

鈴木君は小さく笑った。そういえば彼が笑ったところを初めて見た気がする。

「でも、宇宙には人は住んでいないいんだよ」

人類が人工衛星やスペースシャトルに乗り込んで、宇宙に出たことは知っている。船内で宙に浮いている映像もＴＶで見た。でもそれはあくまで一時的なもので、まして子供が住んでいるわけがない。これが都会のノリなんだろうか？

「じゃあ鈴木君は宇宙人なのかい」

「違うよ」

鈴木君は静かに首を振った。

「じゃあ人間なんだろ。人間は宇宙に住めないよ。宇宙は真空で空気も何もないって、向こうの学校では習わなかったのかい。ダビレンジャーも暗黒騎士サラディンに宇宙空間に放り出されて危うく窒息しかけてたじゃないか」

「ぼくは人間じゃないよ」

「でも宇宙人でもないんだろ。さっきそう云ったじゃないか」

するとと鈴木君は初めて手を止め、顔がくっつくくらいに近づくと、

「ぼくは神様なんだよ」

「神様ぁ？」

「そうだよ」と無表情のまま鈴木君は頷く。

やっぱり都会で流行ってるゲームなのか？　でも何のゲームなんだろう。神様ゲーム？　少なくともテレビやネットで見たことはない。かといって笑って済ませるには、ちょっともったいない気がした。鈴木君の落ち着いた態度を見ると、この先にいろいろ何かが続きそうだ。

仕方なくぼくはもう少し話に乗ってみることにした。

「でも神様がどうしてここにいるんだい」

「遊びに来たんだ。きみは知らないだろうけど、神様は退屈なんだよ」

「どうして？　神様ってすごいんだろ」

いま人気のマンガ『ノヴァーク中学校』では、主人公が「我こそは神」と叫びながらアリを潰すように女生徒を殺しまくっていた。別に人を殺したいとは思わないけど、もし神様になれたらテストもサッカーも何でもパーフェクトだろうし、きっ

と楽しいだろうなと憧れていたのだ。それだけスーパーなら告白してもきっとつきあってもらえるだろう。もしかするとミチルちゃんのほうから告白してくるかもしれないし……。

だけど返ってきたのは意外な答えだった。

「何でも知っているからさ。すべてを知っていることほど退屈なことはないからね。きみは勉強が嫌いなようだけど、今まで知らなかったものを知るということほど楽しい現象はないんだよ」

「何でもって、アメリカやフランスのことも知ってるの」

「すべてだよ。地球上だけじゃなく、宇宙の星々のことも、過去や未来の出来事もすべて知ってるよ」

「へえ。でも未来のことを知っていたら、ここに遊びに来ても同じじゃないの？結果はみんなわかってるんだろ」

ようやく突っ込むポイントが見つかった。ぼくが勢いよく訊ねると、

「起こったことを忘れることはできないけど、これから起こることに耳を塞ぐことくらいはできるんだよ。だから明日きみが何をしているか今のところぼくは知らない。その気になればすぐに知ることができるけど、あえて知ろうとしてないんだ」

なるほど、そういう答えになるのか。

鈴木君の態度は別に自慢しているわけでもなく、それが当たり前であるかのごとく喋っている。まるで本物の神様のように。ただの嘘つき？　それともゲーム？　もし嘘つきだとしたら、友達づきあいしないほうがいい。でもゲームだとしたら、面白い体験ができるかもしれない。どっちか確かめるためにぼくは質問を続けてみた。

「さっき宇宙のことも知っているって云ってたけど、宇宙人って実在するの？」

「いるよ。知的生命体は全部で三万七千二百八十三種創ったかな。近いうちにレグルス星系の惑星に三万七千二百八十四種目を創るつもりだけど。ただ云っておくけど、お互いに遠すぎて彼らもきみたちのことは知りようがないからね。世間で広まっているＵＦＯやグレイとかの目撃談はみんなでっちあげだよ」

薄汚れてこぢんまりとしたトイレの中で、鈴木君は妙に壮大な話を繰り広げた。

「他の宇宙人って人間とは姿形が違うの？」

「同じだったらつまらないだろ。きみも毎晩夕食がカレーだったらうんざりするだろ。いくらカレーが好きだとしても。だから植物や金属から知的生命体に進化させたりもしたよ。きみたちが普通に飲んでいる水から進化させた生物もいるよ」

水から生まれる生物って何だろう？　ちょっと考えてみたが想像もつかない。

「当然、ぼくたち人間も鈴木君が創ったんだよね」

「人間だけじゃなく、この世のものすべてをぼくが創ったんだよ」

さらりと云ってのける。でも、とてつもなく大きなことを口にしているわりには、その間もマメに掃除の手を動かしている。なんだか滑稽だ。

「じゃあ当の鈴木君は誰が創ったんだい？」

「ぼくが創ったんだ。こう云うと、きみには奇妙に聞こえるだろうけど、ぼくにとってはどこもおかしいところはないんだ。森羅万象この世のものすべてがぼくの創造物である以上、ぼく自身もぼくの創造物なんだよ」

「でも自分で自分を創るなんて芸当が本当にできるの？　いまいち説得力がないような……」

イヤミなニュアンスを織り交ぜてみたが、鈴木君は動じる様子もなく、

「それが可能だから、ぼくは〝神様〟たりえるんだけどね。ぼくはすべてのものごとの原因なんだ。それ以上は決して遡れない。ぼくが存在する以前という状況は存在しえないからね。きみたちがそういった存在を素直に理解できないのは、永遠という捕らえどころのない感覚に対する恐怖心が邪魔をしているからだよ。人間はた

かだか百年生きたらおめでたいくらいの有限な存在だろ。人類には数万年の歴史があるけど、有限な存在をいくら積み重ねたところで決して無限には至らない。だから永遠など存在しなくて、何事にもきっと始まりと終わり、原因と結果があるはずだと思いたがっているんだ。つまりこの世界が誕生した原因があるはずだとね。でも実際ぼくは過去にも未来にも無限で永遠な存在なんだ。それゆえぼくは始まりと終わりのない永遠に退屈し続けなければならない」

そこで鈴木君はくすりと微笑むと、

「もっとも永遠に対する恐怖心を人類に刷り込んでおいたのはぼく自身だから、きみが疑うのも仕方がないことだけどね。三億年前にアルゴル星系の惑星人を創るときに、試しに永遠への恐怖を取り除いてみたことがあるんだ。するとあっと云う間に絶滅しちゃったよ。みんな子孫を残さなくなったんだ。あれはあっけなかったな。だからそれ以後は知的生命体には永遠への恐怖、つまり始まりと終わりを認識する思考を必ず植えつけてあるんだよ」

「すると宇宙はビッグバンで始まったのも間違いなんだ」

「ビッグバンなんてものは存在しないよ。ずっとぼくがいるんだから。まあきみたちがそう誤解するように適当に宇宙線をふりまいておいたんだけどね。でも十一年

後の六月三十日に、ビッグバンと大きく矛盾するデータが発見されるはずだよ。面白いだろ。世界中がひっくりかえるよ。きみも期待しときなよ。いまから十一年後の六月三十日。忘れずにね」

十一年後と云われても、確かめようがないずっと先の話だ。

ここでぼくは質問の種類が間違っていることにようやく気がついた。全知全能の神様相手のゲームなんだから、すぐ確認できるもっと身近なことを聞くべきなのだ。

「話は変わるけど、沢田（さわだ）先生って恋人はいるの？」

沢田先生はぼくたち一組の担任の先生だ。今年赴任してきた若い先生で、大学を卒業したばかりだと始業式で話していた。ナイスバディな美人先生で憧れている連中もたくさんいる。同じ探偵団の内海俊也（うつみとしや）などはクラスの女には目もくれず、ひたすら沢田先生をデジカメで盗み撮りしているくらいだ。もし沢田先生に彼氏がいたなら、クラスの男子の多くが落胆することだろう。

「急にスケールが小さくなったね。でも、サービスで教えてあげるよ。沢田先生は畠山（はたけやま）先生と不倫している最中だよ」

「うそ！」

畠山先生というのは三組の担任で、お世辞にも男前とは云えないし、もう四十歳を過ぎているはず。そのうえ昼は奥さんの手作り弁当を、給食があるにもかかわらず、わざわざ持ちこんで食べているほどの愛妻家だ。

「四月の懇親会の時に酒を飲まされたあと力ずくで関係を結ばれて、それからずるずると続いているみたいだよ」

「信じられない」

「別に信じなくてもいいよ。ぼくは人間に信じてもらおうとか崇めてもらおうとかは、ちっとも思っていないから。自分を信じてくれとねだるのは人間の悪い癖だ。まあ社会性を持たせるためにぼくがそういうふうに創ったんだけどね。どうしても真偽が知りたいのなら、沢田先生に尋ねてみればいい」

ぼくは絶句した。さすがに先生には訊けない。きっと叱られるだろう。沢田先生は普段は優しいが怒るとものすごく怖い。それだけじゃなく母さんに報告されるかもしれない。母さんは先生の十倍は怖いのだ。挙げ句の果てに、変な噂を広めたかどでクラスから仲間外れにされるかもしれない。生徒思いの沢田先生を慕っているのは、なにも男子ばかりじゃないからだ。

狭いトイレの中に重い空気が立ちこめた。色恋沙汰の質問が悪かったのかも。も

っと単純なほうがいいのかもしれない。

「じゃあ、ぼくはいくつまで生きるの」

鈴木君はちょっと目を瞑ったのち、「きみは三十六歳まで生きるよ」と答えた。

おそらく遮断していた未来の情報を手に入れたのだろう。

「三十六かあ。あと二十六年あるけど、ぼくってそんなに早く死んでしまうんだ」

嘘でもちょっと寂しくなる。

「ぼくはどうして死ぬの？　病気？」

「飛行機事故だよ」

「飛行機か。じゃあ、死ぬ日を教えてよ。その日は絶対に飛行機に乗らないから」

「無理無理」鈴木君は静かに笑った。「運命は変えられないよ。既に決まっていることだからね。たとえきみが家に引きこもっていても、飛行機がきみの家に墜ちてくるよ。もっとも実際は、きみは七月二十二日に札幌行きの飛行機に乗って、その飛行機が日本海に墜落して死んでしまうんだけどね」

「なんか信じられないな」

「当然さ。重病人ならともかく、明日死ぬと思って生きている人なんてどこにもいないからね」

「でも二十六年後じゃ、十一年後より遠い先じゃないか。もっとすぐに確認できて、ぼくが信じられることはないの？」

元はと云えばそんな質問をした自分が悪い。それは充分わかっている。自然と沸き上ってくる苛立ち（いらだ）をなんとか抑えながらぼくが訊ねると、

「そうだな。例えばきみが両親の本当の子じゃないとか、そういった事実を聞きたいのかい」

「えっ。そうなの？」

嘘にしてもひどすぎる。

その時、終了のチャイムが鳴った。

犯人

「ねえ、鈴木君。ぼくの本当の誕生日は何日なんだい？」

次の日、掃除の時間にぼくは鈴木君に訊ねてみた。

孝志は相変わらず手洗い場を占拠し、トイレ掃除は昨日と同様、鈴木君と二人きりだった。たぶん今週中はずっとそうだろう。

「七月二十五日だよ」

静まり返ったトイレで、昨日と同様、ぼそっとした口調で鈴木君は答えた。

昨日は家に帰ったあとひとりでずっと考えていた。父さんと母さんが本当の父さんと母さんじゃない。鈴木君、いや神様はそう云ったのだ。もちろん嘘だろう。悪質なひどい嘘だ。

でも、もし鈴木君が本当の神様だったなら？

九十九パーセントでたらめだとわかっていても、鈴木君の余裕綽々な態度が真実のように思わせる。それがしゃくだった。

それに……どうしても頭を過ぎるのが、毎年バースデーケーキのロウソクが一本残ることだ。やっぱり、まだ誕生日が来ていないせいだから？

しかしぼくが捨て児で、ドラマでよくあるように、拾われた日がぼくの誕生日だとしたなら、誕生日は逆に何日か過ぎているはずだ。間違っても早くなることはない。

でも、と嫌な想像が頭を巡る。父さんたちに拾われたときもう大きくなっていて、仕方なく適当に誕生日を決められたとしたなら……。

しかしどうして鈴木君の言葉にこうも悩まされなければならないのだろう。いっそのこと母さんに訊いてみようかと思ったけど、怖くてとてもできない。それに答えがどっちにしろ、叱られるだけで本当のことを教えてはくれないだろう。

夕方に婦人会から帰ってきた母さんが、ちょっとだけ遠い人のように見えた。

それもこれも鈴木君がつまらない嘘を吐いたせいだ。明日、白黒はっきり問い詰めてやろうか。でも鈴木君ばかりを非難するのは少し気がひけた。興味をひかれて

ゲームに乗ったのは自分で、それゆえ自分にも責任がある。

昨日一晩考えて出した結論は、当たり前のことだけど、くよくよ悩んでも仕方がないということだった。ゲームはゲームだ。いっそ神様ごっこにつき合ってみよう。そうすればいずれはぼろが出るだろう。ぼくがこのゲームに勝てばなんの憂いもなくなるのだ。

そんなわけでぼくはもう少しゲームを続けることにした。

「ねえ、鈴木君。鈴木太郎というのは本名なの。それとも別に名前があるの」

ブラシの柄の先に顎を載せると、午前中に考えておいた質問のひとつをぼくは口にした。

「ぼくに名前なんかないよ。名前というのは同種の集団の中で個人を特定するために必要なものだ。でも神様はぼく一人だからね。例えばこの学校に先生はたくさんいるから、沢田先生とか畠山先生とかみんな名前をつけて呼ぶだろ。でも校長先生は一人きりだから誰も深江(ふかえ)校長先生とか呼ばない。単に校長先生と呼ぶだけだ。名前をつける必要がないからさ。でもその校長先生も、神降市の校長の集会とかに出席するときは、名前が必要になって深江校長と呼ばれる。ぼくも同じだよ。きみたちが〝神様〟と呼ぶ存在だから、神様と名乗っているけどね。それは名前とは違う

だろ。ただ校長と違って、ぼくはどこへ行ってもたった一人だから、世界のどこでも神様なんだよ。でも、ここで人間のふりをして遊んでいる以上は名前がないわけにはいかないから、便宜的に鈴木太郎と名乗っているんだよ。三十五年前アメリカにいたときはマイク・スミスと名乗っていたし、去年リゲル星系にいたときはヌリヤメガと名乗っていた」

鈴木君の口からすらすらと長台詞(ながぜりふ)が出てきた。今思いついたという感じではなく、あらかじめ答があるような流暢(りゅうちょう)さだ。やっぱり都会で流行っているゲームで、この手の質問に対するテンプレートが既に用意されているようだ。

「でも、せっかく神様なんだから神様っぽい派手な名前を名乗ればいいのに。ほら日本の神様って天照大御神(あまてらすおおみかみ)とか素戔嗚尊(すさのおのみこと)とか大仰(おおぎょう)な名前がついてるだろ」

すると鈴木君はふっと小馬鹿にした笑みを浮かべると、

「名前なんかタダの飾りだよ。本来は識別さえできればいいもののはずだ。でも人間は臆病な生き物だから、飾りが気になるんだよ。ま、そういうふうにぼくが創ったんだけどね。臆病さは種の存続に必要だから。神様の名前を気にするのは人間の側であって神様自身じゃないんだよ。人間が大仰な名前をつけたんだ。昨日も云ったけど、ぼくは人間にどう思われようと気にならないから、よくある鈴木太郎で充

分なんだ。そして弱い人間ほど名前やブランドに拘りたがる。中身の薄さを外装でごまかしたいんだろうね。人間が名前に独創性を持たせたがるのは、はっきり云って自分に自信がないからだよ。他のことで目立てないから、せめて名前だけでも目立つようにって。ただ名前は自分でつけるものじゃないから、親に自信がないのだろうね。このクラスにも珍妙な名前の子がいるだろ。子供の名前を見れば親の底が知れるよ」

云われてみればあるいはそうかもしれない。鈴木君の言葉は全面的に正しいとは思えなかったが、妙に納得はできた。

昨日もそうだったが、鈴木君は答える間もデッキブラシで丁寧に灰色のタイルを磨いている。授業中も熱心に先生の話を聴いているし、掃除も真面目にする。その辺は神様っぽくもあり神様っぽくない気もする。

「他人にどう思われようと気にならないんだったら、どうして鈴木君は掃除や授業を真面目にしているの？」

「きみにとっては掃除や授業なんてやり飽きて退屈なものでしかないんだろうけど、ぼくにとっては正反対で、新鮮で面白いからやっているんだ。いい退屈しのぎになるからね」

「そんなものなのか。なんだか『王子と乞食』みたいだね」

ここでぼくは授業中に考えた二番目の質問をぶつけてみた。

「じゃあ、神様は人間みたいな姿をしているの。人間は神様に似せて創られたってどこかで聞いたけど。それとも今の鈴木君は仮の姿？」

神様についての質問をしているうちに、この狭くて薄汚れたトイレ（ぼくらが真面目に掃除しないからだけれど）が、見るからにアンモニア臭が漂ってきそうなトイレが、なんだか寺や教会のような厳かな雰囲気を持つ空間に思えてきた……ってやっぱり無理か。トイレはトイレだ。

「人類だけじゃなく植物や金属からも知的生命体を創ったたって昨日云っただろ。神様が自分たちに似ていて欲しいと願うのは、人間の弱さとその裏返しの傲慢さにしか過ぎない。他の星の連中もみんな同じ疑問を口にしたよ。でもぼくはこの世界すべてなんだ。すべてがぼくであり、ぼくがすべてを創った。当然、きみの目に映っているのはぼくのすべてではないよ。ただ仮の姿という表現には問題があるね。ぼくにはきみたちに見える真の姿なんてものはない。ぼくは〝姿〟というありかたでは存在しないからね」

「人間には見えないって空気みたいなもの？　じゃあ、今ある鈴木太郎の姿は雨と

か雪なの」

「ぜんぜん違うけど、そういうことにしておいていいよ。数十年かかってもきみには理解できないだろうから。ぼくにとっては数十年なんかほんの一瞬だけど、それではきみが困るだろ。わずか二十六年後には死ぬ身なんだし」

なんだか呆(あき)れ口調。バカにされているようで、ぼくはちょっとむっとした。せっかくゲームにつき合ってやってるのに。

向こうがそうくるなら絶対に答えられない質問をするのみだ。

「じゃあ鈴木君は、最近起こっている猫殺しの犯人も知ってるんだろ？」

わざと「知ってる」という部分を強調する。全知全能の神様に「知ってる」なんて聞くのは、失礼以外の何ものでもない。

だがさすがに神様。平然としたもので、

「きみの好きなミチルちゃんが可愛がってたハイジの仇(かたき)だもんな」

どうしてハイジのことを、と一瞬思ったが、考えてみればクラス中で騒いでいたんだ。ハイジのことを知っていても不思議じゃない。

「知ってるよ」と鈴木君は当然のように答えた。

「犯人は誰なの？」期待せずに訊ねたところ、意外な答えが返ってきた。

「秋屋(あきや)甲斐(かい)だよ」

「アキヤカイ？　誰それ？」

「三井沢町(みいさわちょう)に住んでいる大学生。それが猫殺しの犯人だよ」

「どうして？」と聞きかけて止めた。神様なんだから知っていて当たり前だ。どうして知ってるのかなんて、決して教えてくれないだろう。

　その時、終了のチャイムが鳴った。

＊

　今日は浜田探偵団の集合日。

　いつもは学校が終わってても夕方までサッカーや警泥(けいどろ)をしてたりするけど、火曜と金曜の集合日だけはまっすぐ家に帰りランドセルを置いたあと、すぐに本部へ向かう。これも鉄の掟のひとつだ。

　肌を突き刺すような夏の暑い日差しの中、町の端にあるバーガーショップ・ロスリスバーガーから隣の市へと抜ける神降山の山越えの県道を登っていく。最初は緩やかだった坂が急勾配になったあたりから人家はなくなり、周囲は雑木林ばかりに変わる。人の気配はなく、県道をビュンビュンとばす自動車がたまに通り過ぎる以

外は、ひっそりと静まり返っている。もう少しして八月になれば山中に蟬の声がうるさく響き渡るんだろうけど、今聞こえてくるのは、風で揺れる葉っぱの音だけだ。

　そんな中を十分ほど歩いて上り坂が再び緩やかになった頃、入り口を雑草で覆われた細い脇道が現れる。その脇道は未舗装で、ぼくたちぐらいしか使ってないんじゃないかと思うほど草がぼうぼうに茂っている。草を踏みつけながら山の中をくねくね五分ばかり進んでいくと、やがて学校のプールくらいの広さのちょっと開けた原っぱに出る。原っぱの奥にこぢんまりとした木造の一軒家が建っていて、これがわが浜田探偵団の本部だった。

　建てられてから何十年も経っているのは一目瞭然。屋根も柱も壁も腐る寸前のようにまっ黒に変色している。その上すべての窓には板が釘で打ちつけられており、明らかに人が住んでいる様子はない。大昔には戦争で疎開してきた夫婦が住んでいたらしいけど、やがて白髪のおばあさんひとりになり、そのおばあさんも三十年ほど前に亡くなったという。

　そのため浜田町の子供は『神降山の鬼婆屋敷』と呼んで恐れ、誰も近寄ろうとしなかったのだが、半年前に俊也が入り口の扉に掛けられていた古い番号錠の組み合

わせをたまたま発見したことから、鬼婆屋敷はぼくらの本部に変身した。いや、順序が逆だ。本部ができたから、浜田探偵団が結成されたのだ。

　三十年も使われていなかっただけあって、とにかくすごい埃(ほこり)で、とりあえず綺麗に掃除するだけでもひと月近くかかった。家は平屋で、間取りは3Ｋ。入り口の土間の横に便所と風呂、セメントを固めただけの流し台がついている。土間は細い通路となって裏庭まで続いていて、通路に沿うように部屋が三つ縦に並んでいた。三部屋とも畳は腐っていて使い物にならなかったので、一番手前の部屋だけ畳を剝がして拾い物の絨毯(じゅうたん)を敷き、〝本部〟として使うことにした。

　発見時には、家と同じくらい古びたタンスや卓袱台(ちゃぶだい)なんかが散らかっていたけど、それらを全部奥の二部屋に放り込んで、襖(ふすま)を閉めきり開かずの部屋にした。開かずの部屋にはクモやネズミなんかもいたようだけど無視無視。代わりに新たに拾ってきたソファーやテーブルを本部に持ちこみ、そこだけなんとか住めるようにした。

　そのうちメンバーがそれぞれカーテンや壁紙、カセットコンロやポット、マンガや図鑑などを持ち寄って、三ヵ月ほどでようやく、天井さえ見上げなければ普通の家と変わらないくらい快適な基地にリフォームした。ただし電気が通っていないの

でテレビやゲーム機は持ち込めず、電化製品は乾電池を詰め込んだCDラジカセと携帯ゲーム機だけだった。もちろん泥棒が入るとヤバイので、携帯ゲーム機は毎回持って帰るけど。

　苦労して本部を改装したため、孝志の発案で規律も厳しくなり、週に二回、全員が揃ったときでないと入ってはいけないことになった。鉄の掟の始まりである。勝手に友達を呼んではいけないし、ひとりで来てもいけない。使うときはみんな一緒。噂が広まって大人たちにばれるのもイヤなので、だれも異議は挟まなかった。幸い『鬼婆屋敷』の呼び名は効果があり、だれも近寄らないせいで今のところ同じ浜田町の連中にもまだばれていない。上級生に知られたら、わがもの顔で使われるのは目に見えているからだ。

「今日の議題は、そうだな猫殺しの件かな」

　半年前に食品工場のゴミ捨て場で拾ってきたホワイトボードに、孝志は大きく『猫殺し事件』と書いた。〝し〟が尖って〝レ〟にしか見えない荒々しい雑な字だ。

「わたしの家の裏にも可愛い三毛猫がいるのよ。光速丸(こうそくまる)って名付けてるんだけど、いつ被害に遭うかと思うと心配で」

　メンバーのひとり、辻聡美(つじさとみ)が訴える。聡美は三組で、家も少し離れているので、

ほとんど集会の時しか顔を合わさない。ただミチルちゃんとはご近所同士で仲がよく、休日は二人で遊んでいることが多いようだ。おっとりしたミチルちゃんと活動的な聡美。意外と馬が合うのだろう。髪の毛はミチルちゃんが黒で、聡美が茶色。またミチルちゃんがいつも白系のブラウスにスカートの格好なのに対し、聡美は黒っぽいTシャツとパンツを好んで着ているといった具合に、どこまでも対照的な二人だ。共通していることといったら、二人ともダビレンジャーには興味がないことくらい。女の子だから当たり前か。

聡美は目鼻だちが派手でまあまあの美人系だけど、のっぽで気が強く腕力もぼくよりありそうで、ぼくは苦手だった。でも孝志は気になっているらしく、探偵団結成の時に、同じクラスのミチルちゃんよりも先に聡美に声を掛けていた。

浜田探偵団は、鍵を開けた俊也を入れていまのところこの五人。浜田町の四年生はあと三人おり、一応声を掛けたが、みな乗り気じゃなく断られた。もっともこの本部のスペースからいって、五人ぐらいがちょうどよく、八人の大所帯になれば、隣の部屋もリフォームしないと入りきらなかっただろう。

「でも、犯人はただ猫を殺すだけじゃなく、首や手足を斬ったりするやつだろ。そんな危険な相手にぼくたちでなにができるんだ。お母さんも猫殺しの犯人はかなり

危ない奴だって話してたし」

　尻込みするように、俊也が云った。俊也は小柄でやせっぽちで運動音痴。ぼくが体力面で優越感を持てる数少ない存在だ。そのせいかいつも慎重な、悪く云えば臆病な、物云いをする。別名〝のび太〟。いつも黄色い服を着て丸い眼鏡をかけているからだ。そんな俊也がみんなが恐れていた鬼婆屋敷の鍵を開けたんだから、世の中わからない。本人曰く、「鬼婆は夜は人を襲うけど、そのかわり昼間は眠っているから」俊也が鬼婆屋敷に行ったのは日曜の真っ昼間、孝志に臆病者と挑発されてのことだった。

「でも、ミチルを見なさいよ」聡美が強い口調で即座に反論する。「かわいがっていたハイジを殺されて、こんなに元気ないのよ。あんたはこれを見て何とも感じないの」

「可哀想だと思うよ。思うけど、やっぱり危険だよ。相手は確実に刃物を持ってるだろうし」

「弱虫。刃物が怖いの？」

　すると俊也は口を尖らせ黙り込んだ。俊也にとって聡美は天敵だ。今までもことあるごとにやり込められている。刃物なんて誰でも怖いと思うのだが、聡美に詰ら

れると、怖いのは臆病者の印みたいな気にさせられるのだろう。実際聡美なら、うおりゃーと声を上げて犯人に飛びかかっていくかもしれないけど。

「父さんが云ってたけど、不審なやつの職務質問を強化してるんだって。だから犯人も迂闊に刃物を持ち歩けないんじゃないかな」

ぼくが一昨日仕入れたネタを披露すると、うんうんと聡美は大きく頷いた。

「そうそう。警察もかなり神経質になっているみたいよ。わたしの叔父さんも職質されたってぼやいてたわ。かなり執拗で、三十分ほど放してくれなかったんだって。叔父さん、三十歳にもなって定職に就かずぶらぶらしてるから疑われても仕方ないけど」

「三十歳！」

思わず声を上げると、

「何よ。三十で無職じゃ悪い？」

自分で話したくせに、聡美がウェーブのかかった茶色い髪をかき上げ、ギロッとぼくを睨みつける。栗色の瞳が本物の栗くらいの大きさになる。でも三十歳でぶらぶらしていられるのなら、三十六歳で死ぬ（予定の）ぼくなんか働く必要がないんじゃないだろうか。今の世の中ってそんなことになってたのか。知らないことばか

りだ。

「どうせ犯人は家か隠れ家に持ち帰って、そこで切り刻んでるんでしょ。陰湿だわ。でも猫しか相手にできないってことはきっと臆病者なのよ。それに大人はともかく、子供なら向こうも警戒してないかもしれないし」

「そうかもな」と孝志があっけなく同意する。「三年の歯抜けの敏史から聞いたんだが、ハイジが殺される二日前、近所で不審な男がうろうろしているのを見たそうだ。男なのに髪を長く伸ばしていて、Tシャツ一枚で大学生ぽかったと云っていた。敏史の家ってミチルのマンションの二軒隣だろ。おれはその大学生が犯人じゃないかと睨んでるんだ。だからそいつを調べ上げれば、」

大学生……その言葉がひりりと頭の中をかけめぐる。

「不審な大学生なんて最近は町のどこにでもいるよ。うちの店にも来るし。よくビニ本コーナーで買い物してるよ」

慌てて俊也が口を挟む。俊也の家は本屋で、駅前の大型店に対抗するために、三年前からビニ本を置きだした。客足は増えたが、その代わりに親たちの評判は低下した。

「本屋とマンション付近じゃゼンゼン違うでしょ。普通の大学生はビニ本を買いに

本屋に行っても、住宅街をうろうろしないわよ。あの辺りには何も店はないんだから」

聡美は栗色の瞳で今度は俊也を睨みつける。せっかく手掛かりがあるのに、水を差すなとばかり。彼女はおそらく孝志よりもさらにストレートな行動派だ。もし件の大学生の身許がわかったなら、今から乗り込みに行きかねない。ただその分キップも良く、いつも県道のロスリスバーガーで差し入れのポテトを買ってくる。

「でもあの辺りは駅からうちの店に行く時の近道になるし、道に迷ってうろうろしていても全然おかしくないよ」

聡美の視線を避けるように、俊也はちょこっと首をすくませた。

「まあ、そうかもしれないな。そもそもどこの誰だか全く見当がついてないし、雲をつかむような話ではあるけどな」

マーカーを片手に、孝志も不承不承頷く。手掛かりを提出した孝志が引いたことで、聡美も気をそがれたように押し黙った。ただ栗色の瞳だけは、ギロッと俊也を睨みつけている。

重い空気がしばらく流れた。

「あのさぁ」

息苦しさに耐えかねて、おそるおそるぼくは口を挟んだ。こんなことこの場で云っていいのかどうかわからなかったけど……。

「それ秋屋甲斐っていう大学生かもしれないよ」

「どうして？」

三人が一斉にぼくのほうを向く。さっきまで諦め顔でソファーにもたれていたミチルちゃんも、驚いた表情で身を起こしていた。

「それは……」四人の熱い視線を感じながら、ぼくはちょっと思案したあと、「最近、家の近くで、用もないのにうろついているのを見たんだってさ」

嘘をついた。

「誰が見たんだ、芳雄。同じクラスのやつか？」

孝志が巨体を揺すりながらドカドカと詰め寄ってくる。

「それは……名前は明かさないでくれと頼まれたんだ。もし名前を喋ったら、見なかったことにするって何度も念を押されたんだよ。場所が違うから関係ないかもしれないし、チクったのがばれて逆恨みされると困るからって」

こうなったら適当に誤魔化すしかない。でもこんな曖昧な説明でも孝志たちは信じたらしく、

「なんだよ。そんな重要な情報があったなら早く云えよな、まったく」

「そうよ、勿体ぶっちゃって。それで秋屋甲斐って誰なの？」

「さあ、大学生ってだけしか。ぼく自身は全然知らないし……」

こんなことなら、鈴木君に住所を聞いておけばよかった。後悔していたとき、聡美が突然声を上げた。

「そうだ、思い出した。わたしその秋屋甲斐って知ってるかもしれない」

「ほんとに？　聡美ちゃん」

ミチルちゃんがすがる瞳で隣の聡美を見る。聡美はうんと力強く頷くと、

「従兄の家が三井沢町でアパートを経営してるんだけど、住人のひとりが深夜に大音量でゲームをしたり、ゴミを溜め込んで部屋を臭くして、いざ捨てるとなるとろくに分別しなかったり、とにかくひどいんだって。できることなら一刻も早く退去してもらいたいってこの前ぼやいてた。今は法律で簡単に追い出せないらしいから。その不良住人の名前が秋屋甲斐っていうのよ。〝空き家かい？〟みたいな変な名前だったからよく覚えてる」

「三井沢町か。それなら犯人の可能性は充分ありえるな」

そう呟くと、孝志はボードに神降市の大ざっぱな図を描いた。そして赤いマーカ

ーで四ヵ所に丸をつける。

「このように猫殺しは四件とも神降市の南部で起こっているんだ。三井沢町も南部にあるから、土地鑑に関しては問題ない」

「でもどうするんだ?」先生に質問するときのように、俊也が大きく右手を挙げた。「本人を訪ねていって、あなたが猫殺しの犯人ですかって訊いても、正直に答えてくれるわけはないよ。かといって留守中に家に忍び込むのはさすがに無理だし」

「現場を押さえるために見張るしかないだろうな。住んでる場所はわかってるんだし」

「それは危険だよ」と、すかさず俊也。「猫殺しが猫を殺すのは夜中だし、夜に抜け出して見張るのは絶対にダメだよ」

三ヵ月ほど前のことだ。クラスメイトの女子をストーカーしているらしい中学生の尻尾を摑むのに熱中するあまり、夜の十時を過ぎたことがある。当然こっぴどく叱られ、それ以来探偵ごっこの活動時間は夜の七時までと親たちにきつく約束させられた。次に違反したら、浜田探偵団はダビレンジャーのライバル組織MADのように無理矢理解散させられるのだ。

「でも、せっかく容疑者が見つかったのに、ここで手をこまねいているのもな」

孝志はちらとぼくを見た。

「ぼくから父さんに話してもいいけど、さっきも云ったように目撃した子は決して表に出ないから。肝心の証人がいなければ、信じてはもらえないだろうし」

この場ではともかく、神様の言葉を父さんにまで話すのはさすがに気が引ける。ゲームで大人を巻きこめば、洒落では済まなくなるだろう。

「もともと、うろうろしてたというだけの曖昧な証言だしな……そうだ！」

何か名案を思いついたらしく、孝志はぽんとホワイトボードを叩いた。

「敏史に確認させるのはどうだ。面通しだよ。敏史が目撃した不審者とその秋屋甲斐が一致すれば信憑性はかなり高くなるだろ」

「一致しても犯人とは限らないよ」

執拗に俊也が反対するが、

「でも、用もなくうろうろしてるってことは、今回の犯人じゃなくても、これから何か起こす気なのかもしれないし。首実検してみる価値はあると思うわ」

聡美が即座に賛成に回った。隣のミチルちゃんも、「うん」と小さな、でもしっかりした声で賛同する。

「ハイジのために、確認だけでもしてみたい」

結局ぼくも含めて四対一で方針が可決され、早速敏史をケータイで呼び出すことにした。敏史はちょうど学校から帰ったところらしく、猫殺しの件を話すとふたつ返事でOKしてくれた。

ただし待ち合わせ場所は本部ではなく、県道を降りたすぐのロスリスバーガーの前。たとえ協力者でも、部外者に本部の場所を知らせるわけにはいかないからだ。

鉄の掟はそれくらい厳しい。

本部の鍵を締めロスバに着いた頃には、既に敏史が待っていた。敏史の家はロスバの近くで、歩いて五分とかからないところにある。

「七時頃までなら時間は空いているよな」

孝志が訊ねると、敏史はうん、と前歯が二本抜けた顔で頷いた。夕御飯はたいてい父親が帰ってくる八時過ぎなので、それまでなら大丈夫らしい。

「じゃあ、みんなレッツ出動！」

及び腰の俊也の腕を摑むと、赤Tシャツの孝志はダビレンジャーのレッドダビがいつも口にするかけ声を放った。

目的のアパートは『幸福荘』という名の、カステラを二つ重ねたような二階建ての建物だった。各階、五部屋ほどあるだろうか。かつては茄子畑だったのをつぶして、五年前の大学開校にあわせてアパートにしたらしい。

『幸福荘』の隣には、聡美の従兄の家が建っていた。こちらは立派なうだつを持った二階建ての木造家屋だ。

帰宅していた従兄の光一さんに聡美が理由を話し、家の中から見張らせてもらうように頼むと、

「それなら二階のおれの部屋が最適だよ。あそこからならアパートの入り口は丸見えだし、ブラインドを降ろしていれば向こうからはほとんど見えない」

光一さんは快く、いやむしろがぜん乗り気で、ぼくたちを受け入れてくれた。猫殺しに憤りを覚えていた上に、もともと探偵小説の愛読者だという。

「たしかに、あの秋屋甲斐なら猫殺しもやりかねないけどな」

よほど秋屋甲斐が嫌いなのだろう。苦虫を噛み潰した顔で光一さんは名前を呼び捨てにした。光一さんは中学二年の割には背が高く、見かけは高校生くらい。ただ

聡美の従兄とは思えないくらいに色白で痩せているので、遠目からだとエノキ茸っぽい。運動よりも読書が好きなようで、光一さんの本棚には難しい漢字の大人向けの本がたくさん並んでいた。天井にはサックスを吹いている黒人の白黒ポスターが二枚貼ってある。

なんだか聡美の従兄というより、むしろミチルちゃんの従兄っぽい感じだ。

「じゃあ、秋屋が帰ってきたら教えてあげるよ。聡美、台所からみんなの分のジュースを運んできてくれ」

そう云って光一さんは窓際にイスを置くと、ドカと腰掛けた。結局、その間ぼくたちはぼんやり待っているしかないのだけれど、いきなり押し掛けてきて光一さんだけに張り込みをさせ、その上ジュースまで提供してもらうのはなんだか心苦しいものがある。みんなも同じように気兼ねしているのか、輪になってオレンジジュースを飲んでいるときも、いつものように会話が弾まなかった。

「おいおい、そんな神妙にならなくても。もっとにぎやかにやってくれよ。そのほうがおれも退屈しないから」

逆に光一さんが気を遣ってくれる始末。

「で、きみたちは何時頃までここにいられるんだ」

「六時過ぎくらいかな。七時までに戻らないと怒られちゃうのよ。それまでに帰宅してくれればいいけど」

聡美はストローをくわえた口を尖らせる。

「あいつはたいてい夕方には戻ってきてるよ。きっと大学にも友達なんかいないんだろ」

しゃべっている間も光一さんは『幸福荘』の入り口を真剣な眼差で見張っていた。イスの上で足を組み、指でブラインドの隙間を押し上げて眺めているポーズが、刑事ドラマのように妙に決まっていて、実はけっこう張り込みを楽しんでいるのかもしれない。

「じゃあ、早くに帰ってあとは朝までゲームをやりたい放題なわけだ。大学って宿題がないんでしょ」

「そうみたいだね。それどころかあまり授業に出なくてもいいらしいよ。おれも早く大学生になりたいよ」

「光兄ちゃんも神降大に行くの？」

するとと光一さんは細い首を激しく横に振って、「まさか。あんな大学に行くのは落ちこぼれだって、オヤジがいつも云ってるよ。おれはもっといい大学に行くつも

りだ。高校も神降高を受けるつもりだし」

神降高というのは市内で一番賢い高校だ。

「神降大は誰でも入れるって云うものね。わたしも神降大はパスかな」

うんうんと頷きながら聡美が同調する。

「おれはアメフトがやれたらどこでもいいな。ただ神降大にはアメフト部がないみたいだから、出て行かなきゃならないけど」

常世市のアメリカン・フットボールのリトルリーグに参加している孝志がそう呟くと、今度は俊也が、

「ぼくも一度は下宿してみたいな。独り暮らしって面白そうだし」

「俊也には独り暮らしは無理なんじゃないのか。喧嘩（けんか）してちょっとすりむいただけで親が怒鳴り込んでくるくらい過保護なんだから。おいそれとお前を手放すとは思えないけどな。それに本屋を継ぐんだから大学なんて行っても行かなくても一緒じゃないのか」

「どうせ家を継ぐから、それまでは自由にやりたいんだよ。自由ってさ、もらうものじゃなく勝ち取るものだと思うんだよ。だからいくら反対されてもぼくは出ていくよ」

眼鏡を光らせながら、いつになく強い口調で俊也は力説した。みんな色々と目的があるみたいで、なんだか町を離れたくないってだけで神降大を志望しているぼくひとりバカみたいだ。でもミチルちゃんがいれば……。

「ミチルちゃんはどうなの？　お母さんと二人暮らしだし、実家も近いし、ずっとここに残るの？」

さりげなく訊ねると、ミチルちゃんは残った氷をストローでかき回していた手を止めて、

「わたしは絵が好きだから、どうせなら美大に行きたいな」

神降大には芸術科はない。ミチルちゃんまでこの町を出ていくのか……。どうして神降大には芸術科もアメフト部も歯学科もないのだろう。ぼくも外の大学にしようかな。

「ミチルは絵が上手だもんね。才能あると思うよ。がんばりなよ」

聡美が余計な応援をする。その上ぼくに向かって、

「で、芳雄はどうなの？　勉強も運動もたいしてできなさそうだけど」

「ぼく？　ぼくは……」

ここで正直に答えたらバカにされそうだ。どう誤魔化そうか迷っていたとき、光

一さんが突然「来たぞ！」と声を上げた。

「あれだよ。秋屋甲斐は」

豆を手にしている人に飛んでくるハトのように、みんないっせいに窓に駆け寄る。

見ると、よれよれのTシャツ姿で光一さん以上にひょろ長くぼさぼさの髪の男が、アパートの門を通って入ってきた。たしかにゴミを溜めこんでいてもおかしくない不潔な身なりをしている。尖った顎に、狐（きつね）のようにつり上がった目。夜道で出くわすとちょっと怖そうだ。

「おいおい、みんなが押し寄せたら肝心の敏史君が見られないだろ」

光一さんはぼくたちをかき分けると、敏史をイスに座らせた。

「どう？」聡美が訊ねると、敏史は自信なさげに首を横に振る。

「ごめん、はっきりわからないや。髪の毛はあんな感じだったけど、もうちょっと背が低かった気がするし。服も違うし」

「顔は？」

「そんなにはっきり見てたわけじゃないから……。見たら思い出すかもと思ったけど。でも、あれと同じような細長い輪郭だったよ」

「煮えきらないわね。証人なら証人らしく、きちんと覚えときなさいよ」

聡美が口を大きく開けて怒鳴る。敏史は善意の証人なのに容赦がない。

「そんなぁ。あの時はハイジが殺されるなんて思ってもいなかったし……」

三年生の間ではリーダー格の敏史も、相手が年上なので遠慮がちになっている。ミチルちゃんはと見ると、確証が得られなかったためか、力なく項垂れていた。なんだか痛々しい。

「まあ、仕方ないよ。知ってるやつだったのならともかく、初対面だったんだしな」

ぽんと敏史の肩を叩き気遣ったあと、孝志はブラインドを広げ俊也のデジカメで写真を撮った。液晶画面を見ると、斜め横のアングルだったが秋屋甲斐の顔がはっきりと映っている。

「これをプリントアウトして、殺された猫たちが暮らしていた周辺をみんなで聞き込みするか。目撃者が現れるかもしれないしさ」

五人で分担すれば手広く調査できるはずだ。はっきりと顔を覚えている人も現れるかもしれない。明日から忙しくなりそうだな……。そう覚悟したとき、窓際を離れベッドの縁で堂々とタバコをふかしていた光一さんがおもむろに口を開いた。

「なあ。よくわからないんだが、どうして秋屋が犯人だと思うんだ。たしかにやりかねないやつだとは思うけど。何か証拠でもあったのか？」

もっともな質問だった。みんながぼくの顔を見る。ちょうど一時間ほど前に、本部で初めて秋屋の名前を口にしたときのように。ただ今回は敏史と光一さん二人の視線が新たに加わっていた。どうしよう。でも、神様の言葉だとは今さら云えない。現に秋屋甲斐は実在したし、全くの嘘でなければ、鈴木君がなにか目撃したのだと思う。でもそれを話せばゲームを壊すことになるし、肝心の鈴木君がぼくの言葉を否定するような気もした。

「それは……」

なんと答えようか、ぼくが口ごもっていると、

「あ、そうか！　そういうことか！」

スゴイ発見をしたように光一さんが大声を上げ、マンガのように右手をグー左手をパーにして胸許で両手をぽんと叩いた。きっと光一さんの頭上では見えない電球が点灯しているに違いない。光一さんはタバコを灰皿にこすりつけて消すと、

「やっぱり秋屋が犯人かもしれないぞ」

「どうして？　何かわかったの光兄ちゃん」

聡美が興味津々に身を乗り出した。

「猫だよ、猫。新聞によると、最初の猫は首と尻尾を斬られて、両手を結ばれて吊されていたんだろ」

「そうよ。ひどいったらありゃしない」

「次は左手と左脚が切り取られていた。次は両手両脚。次は首と両脚」

光一さんは忙しげに学生カバンからノートを取り出すと、白紙のページに鉛筆で画を描き始めた。孝志と同様に絵心はあまりないようだが、それが殺された猫の姿らしいのは見てとれた。首と尾のない猫が両手を縛られていて、脚が斜めに開いている。

「ほら、『A』だ」

「Aって、アルファベットの？」

聡美の質問に小さく頷くと、憑かれたように光一さんは画を描き続けた。尻尾を縦にピンと伸ばし、仰向けになった左側の手と脚がない猫。体から右手と右脚が飛び出している。

「次は『K』」

たしかにKに見える。次は尻尾と頭だけピンと伸びた『I』。次いで首と両脚が

なく、両手を万歳させた『Y』。光一さんが一枚一枚と画を説明していく度に、ぼくの、みんなの顔が強ばっていく。

「A・K・I・Y……秋屋甲斐、AKIYAKAI。あいつは自分の名前を残していたんだ、きっと」

「じゃあ次はAってわけ」

いまいち信じられないといった顔で聡美が訊ねる。

「おそらくそうだろう。きっと名前に必要な八匹は殺すつもりなんじゃないのかな」

光一さんのほうは謎を解いた快感に酔っているらしく、満足げに怖い台詞を口にしている。

「やっぱり秋屋甲斐がハイジを殺した犯人だったんだ」

今まで聞いたことがないくらい冷たい口調で、ぼそっとミチルちゃんが呟いた。突っぱった両手は長いスカートの裾をぎゅっと握りしめている。

「待ってくださいよ。わからないな。どうして犯人がわざわざ自分の名前を残すんです。おかしくないですか？」

もやもやしたみんなの気持ちを代弁するように、俊也が首を傾げながら訊ねる。

「別におかしくはないよ。こういう形でしか憂さ晴らしができないやつが、世の中には結構いるんだよ。壁に自分の名前を落書きしたりとかと同じさ。くだらないけど、こんなことでしか目立てない、自分の名前を世間に刻めない、哀れなやつなんだ。でも名前をそのまま書いたらさすがに捕まってしまう。だから自分だけにわかる形で残して、それを解けない警察や世間を嘲笑ってるんだ。おれははっきり名前を残しているんだぞってな。ひとつも偉くないのに、偉くなった気分になっているんだよ」

「やなやつだな」

軽蔑するように孝志が眉を顰めた。熱血派の孝志がもっとも毛嫌いするタイプだ。もし相手が大人じゃなかったら、きっと今すぐ飛び出してぶん殴っていただろう。

「ほんと。こんなつまらない憂さ晴らしのために、ハイジや他の猫が殺されたなんて、信じられない」

聡美も渋い表情を見せる。

「でもどうするの？　この話を警察は信じてくれるかな」

今まで父さんと話した感じでは、警察はこんな推測だけじゃ動いてくれない気が

する。

「決定的な証拠がないし、いまのところ推理も後付けだしな。でももし次が最初と同じ〝A〟の字の殺され方をしたなら、秋屋が犯人だと信じてくれるんじゃないのかな」

「次の猫が殺されるのを待つっていうの？　案外光兄ちゃんも残酷ね」

「そんなのいやだ。もう誰もハイジみたいになってほしくない」

せいいっぱいの大きな声でミチルちゃんが叫んだ。瞳が赤く染まり、ひと筋の涙が頬を伝って落ちている。

「そうよ。これ以上犠牲者を増やすのはダメよ。何とかならないの、光兄ちゃん」

ミチルちゃんの手をぎゅっと握ったあと、聡美が光一さんの肩をつかんで揺らす。

「でもなあ。これだという物証がないと……」

さすがに次から次へとはいい案が浮かばないらしく、光一さんは腕組みして首を捻っている。

「ひとついい考えがあるんだけど」

いきなり声を上げたのは孝志だった。

「ミチル。この前ハイジの鈴がとれたって話していたよな。まだ持ってるか？」

　ハイジの首輪には最初小さな銀色の鈴がついていた。繋(つな)いでいたワッカが外れて首輪から鈴がとれたのは、事件の前日のことだった。今から考えれば、花緒が切れるのと同じように、不幸の前兆だったのかもしれない。

「うん。形見になってしまったから、机の抽斗(ひきだし)にしまってあるよ」

「それを光一さんがアパートの前で拾ったことにして届けるんだよ。その上で今の推理を交えて秋屋甲斐が怪しいって云えば、警察も信じるんじゃないのかな」

「おいおい、きみらはでっち上げをする気か」

「名案ね。孝志もたまにはいいこと云うじゃない。やってよやってよ。お願い、光兄ちゃん」

「でもなあ」

　さすがに光一さんは顔をしかめて尻込みしている。

「光兄ちゃんしか頼れる人がいないのよ。それにもし秋屋が逮捕されたら、色々サーヴィスするからさぁ」

　ガラにもなく、聡美が甘えたポーズで光一さんに迫った。同時に肘でミチルちゃんの脇をこづく。意図が通じたのか、同じようにミチルちゃんも「お願いします。

光一お兄さん」と泣きはらした目で縋った。

やっぱり女の子には弱いらしく、光一さんは「どうしようかな」と迷う素振り。すかさずミチルちゃんがもう一段アップで近寄ると、「ハイジのためなんです。どうかお願いします」

「おれからもお願いします。光一さん」

孝志も巨体をくねらせ加勢したが、光一さんには男の声など耳に入ってない様子。ひたすら女性陣の攻撃に身を反らせている。

やがて、根負けしたのか、「……しかたないな」と弱り切った表情でとうとう光一さんが折れた。

「それじゃ、おれが鈴を拾ったことにしておくよ。そして自分の推理も伝えとくよ。これでいいんだろ」

四分の一くらいヤケが混じった声で光一さんがそう云うと、

「やったー」と、三人は座ったままダンスでも踊りそうな勢いで、手を取り合って喜んでいる。乗り遅れたぼくと俊也は蚊帳の外。ちょっと面白くない。

「でもさ、もしあいつが犯人じゃなかったら、とんだ迷惑をかけることになるんじゃない？」

そこに嫉妬心が混じっていたことは否定しない。ぼくが横あいから水を差すと、

「きっとあいつが犯人だって。こんなにも一致するんだから。それに秋屋甲斐が怪しいって最初に云ったのは芳雄でしょ」

光一さんを見る時とはうって変わった厳しい眼で聡美に睨まれ、ぼくは思わず口を噤んだ。それを持ち出されたらなにも反論できない。

「いいの。どんな方法でも、ハイジの仇がとれたなら。今日はもう遅いから、明日ハイジの鈴を持ってきます」

両手をあわせミチルちゃんが嬉しそうに云う。ハイジが殺されてからずっと曇っていた顔に浮かんだ、久しぶりの笑みだ。

ミチルちゃんに笑顔が戻ったのはとっても喜ばしいことだ。

でも、いいのかな？　これで……。

天誅

「鈴木君は、秋屋甲斐が猫殺しの犯人だってどうやって知ったの？」

いつものトイレ掃除。開始のチャイムが鳴った早々ぼくはそう訊ねずにはいられなかった。

今朝のミチルちゃんは久しぶりに明るい表情で登校してきた。おはようの挨拶もみぞれ混じりの昨日までとは違って、かなり朗らかな感じ。とっても嬉しいことだ。でも……。

放課後にミチルちゃんが鈴を渡しに行き、それを光一さんが警察に届け出る手筈になっている。秋屋甲斐がすぐに捕まるか、当面は泳がせて監視されるか、いずれにしても重要な人物になるはずだ。

でも、もし無実だったら……。そう思うと、一度は確認せずにいられなかった。たとえゲームを中断することになったとしても。

「きみはだいぶ頭が混乱しているようだね。何度も教えたように、ぼくはすべてを知っているんだよ」

鈴木君のほうには中断する気がまったくないらしい。デッキブラシを片手にあくまで神様を押し通している。小憎らしいかぎりだ。

「じゃあ」と、ぼくは訊いてみた。「秋屋はどうなるの？」

「逮捕されるだろうね。そこまではまだ見ていないけど、希望とあれば見てあげてもいいよ」

「いや、ワシは結構ジャ」

こんな状況にもかかわらず、タルムード司令の口調がつい口から出てしまった。普段からやたら使って口癖になっているせいだけど、そんな自分がちょっとイヤになる。

「その台詞はタルムード司令だね」

「鈴木君も『ダビレンジャー』を観てるの」

すぐに愚問だと気づいた。神様だから知っていて当然だ。ぼくの反省を知ってか

知らずか、鈴木君は特に何も云わなかった。

「来週はダビレンジャー基地が爆撃されて、タルムード司令がピンチに陥るようだね。司令、死んじゃうのかな」

ナパーム弾が投下され派手に爆発する基地と、崩落してきたコンクリートの天井の下敷きになった司令の姿が、次週予告で映っていた。二正面攻撃でピンチに陥るジェノサイドロボとあわせて、いやが上にも期待を抱かせる展開だ。

「大丈夫だよ。兄のバハムード長官が助けに現れるから」

鈴木君は素っ気なく云った。

どうしてそこまで知って……一瞬驚いたが、ネットかTVガイドで調べたのかもしれない。バハムードという名前は初耳だから新キャラに違いない。新キャラが出るとなったら、きっと大々的に取り上げていることだろう。ぼくや英樹は先の展開を知るのがイヤでその手の情報は見ないようにしているけど、クラスの中には熱心に目を通して教室で得意気に吹聴しているやつもいる。本屋の俊也も昔はそのひとりだったが、孝志に殴られてからは大人しくなった。

「じゃあ、予告の最後に映った黒い人影は、タルムード司令の兄さんなんだね」

「そうだよ。実は敵の大幹部なんだけどね」

いくら情報誌でも、そんな大事な秘密まであっさりとばらしているとは思えない。だとするとただのハッタリかな？　鈴木君ならそれもあり得そうだ。

「本当に？」

「まあ、いいよ。そのうち真偽が明らかになるだろうから」

十一年後や二十六年後のことは無理でも、バハムードの正体ならあと数ヵ月もすればはっきりすることだ。

ところが鈴木君は「どうかな」と不可解な笑みを浮かべる。

「どういう意味？」

「再来週にはわかるよ」

また不可思議な発言。これもお得意のハッタリなんだろうか？

猫殺しのこととといい……そこではっと我に返った。大好きなダビレンジャーのことで、つい話が横道に逸れてしまっていた。いまは秋屋甲斐の件だ。

ぼくはコホンとひとつ咳払いをしたあと、

「秋屋甲斐って、どうして猫を殺し続けてるの。理由があるんでしょ」

「冴えない大学生にとって、自分の名をアピールするてっとり早い手段だったんだろう。ああいう殺し方をすれば、謎が解明されてもされなくても満足が得られるか

らね」

光一さんと同じ内容を鈴木君も口にした。つまり鈴木君は猫たちの殺され方の法則性を知っていたことになる。それで犯人を秋屋甲斐と名指しできたわけか。

でも、疑問もあった。殺されたのはまだ四匹で『ＡＫＩＹ』だけだ。この段階では『秋山』とか『安芸洋一』とかの可能性もある（『秋山』の場合〝Ｍ〟をどうやって形作るのかは想像したくもないけど）。それに実は両腕を斜め上じゃなく横に広げさせたつもりで、〝Ｙ〟じゃなく〝Ｔ〟のはずだったのかもしれない（その場合は『秋田』とありがちな苗字になる）。

秋屋甲斐本人が明らかに怪しげなみてくれだったので深くは考えなかったけど、本来『ＡＫＩＹ』だけではひとりに特定できないはずだ。となると、鈴木君は敏史と同様にどこかで秋屋を目撃し、それと『ＡＫＩＹ』の符合に気づいて断定したのかもしれない。

とにかく鈴木君が全くの当てずっぽうや出鱈目（でたらめ）で秋屋甲斐の名前を口にしたわけじゃないことがわかって、少し心が軽くなった。秋屋甲斐が本当に犯人なのかどうかは、警察がみっちり調べてくれるだろう。

「本当にむかつく犯人だよね。捕まったら死刑にならないかな」

「この国の法律では、猫を殺したくらいでは死刑にならないよ。人をひとり殺してもしばらくすれば刑務所から出てこられる呑気な国なんだから。それに相手は誰かのペットではなくただの野良猫だから、さらに罪は軽くなるはずだ。手口の残酷さを除けば、していることは保健所とさして変わらないからね」

「そうだよな。これが人間なら、四人も殺せばきっと死刑になってるんだろうけど」

ぼくはしょんぼりした。猫は何匹殺しても猫だ。人間扱いはされない。みんなあんなに悲しい思いをしているというのに。犯人はそれも承知していて人でなく法的に安全な野良猫を殺している気がした。なんて陰湿なんだ。

「……あんなやつ、地獄に堕ちればいいのに」

そう呟くと、すかさず鈴木君のつっこみが入った。

「あいにくだけど、地獄とか天国とかは存在しないよ。ぼくと違って、人間は死んだらお終いだ。土に還るだけで、どこにも行かない。自分たちが思っているほど人間は特別な存在じゃないからね」

「わかってるよ、そんなこと。もう、融通が利かないんだから」

「分不相応に神様に融通を求めるほうが間違っているよ」

無表情のまま鈴木君は正論を宣(のたま)った。はいはい、ぼくが悪かったんです。すねた目で鈴木君を見ると、逆に鈴木君は柔和な顔つきになり、

「でもお望みとあらば、秋屋甲斐に天誅(てんちゅう)を下してあげてもいいよ」

「天誅？」

「神様が非道な悪人を懲らしめるために行う神業のことだよ。もっともぼくはそんなものほとんど下したことがないけどね。自分が創ったものにはあまり干渉せずぼんやり眺めているほうが楽しいだろ。たいていは、悪人がたまたま痛い目を見て死んだのを、ぼくの仕業だと勝手に思いこんでいるだけだ」

「天罰がグレードアップしたようなものなんだね。でもどうして神様は悪人をのさばらせておくんだい」

「ぼくがなぜ人間の願いを叶えなきゃならないんだ。もしきみの作ったガンプラが喋り始めて、バリが残っているからちゃんと削れだとか、色がはみ出してるからきちんと塗り直せとか、いろいろ注文をつけ始めたら、きみだって鬱陶しく感じるだろ」

珍しく鈴木君は声を少しだけ大きくして力説した。たしかに人はなにかにつけ神様にお願いしている。金儲け、縁結び、安産、受験、健康などなど、いろんな神社

や寺が日本にはある。とくに正月なんか日本だけでも願い事は大変な数に上るだろう。全知全能の神様は願いのすべてが聞こえているわけだから、いかに神様といえどもうんざりするということか。

「でもぼくは神様じゃないし。鈴木君は神様なんだろ。受験や縁結びなんかはともかく、極悪人に天誅を与えるくらいはしてもいいんじゃないかな。それで多くの人が助かるんだから」

「人間を助けるのは神様じゃなく人間自身の役目だよ。人間が勝手にぼくを心の拠り所にして生きる糧とするのは自由だよ。宗教とは自意識を持つすべての生命体に存在するものだからね。でもぼくは彼らをただ眺めているだけ。きみは怒るだろうけど、人間の社会が乱れた挙げ句に滅びようが、ぼくには関係ないよ。絶滅すればまた創ればいいだけなんだから。今まで何度もそうやってきたし。人は神様を自分たちの繁栄の護り神のように考えているけど、ぼくのほうには、知的生命体に限らず、どの生物や物質にも基本的に思い入れはないよ。こうやって個別に話をしたりしたらまた別だけどね。だからきみの願いは特別にかなえてあげるよ。いろいろと愉快な思いをさせてもらうから」

「……じゃあ、もし来週になっても犯人が捕まらなかったら、そいつに天誅を下し

てくれる？」

　わざと秋屋甲斐の名前を出さずにぼくは頼んでみた。まだ秋屋が犯人だと確定したわけじゃないからだ。

「いいよ」バケツにブラシの先をひたしながら、鈴木君はあっさり頷いた。「それがきみの願いなんだね。ちゃんと聞き届けたよ。ぼくがきみの憎む犯人に天誅を下してあげる」

「本当だね？」

「ぼくは約束は破らないよ。云っておくけど、別に神様は約束を破らないものだと決まっているわけじゃない。破るか破らないかは、ぼくの一存だ。ただぼくは全能だから、破る必要はないんだ。すべてを叶えられるんだから」

「もしだよ」ふと意地悪な質問が頭の中に浮かんだ。「神様をなくしてくださいってぼくが頼んだらどうなるの？　叶えるかどうかは別として、可能なことなの」

「だから、ぼくはきみたちの考える〝有る〟〝無い〟の存在じゃないんだよ。そんなことは、できないんじゃなくてありえないんだ。仮にだよ、ぼくをなくすことが可能ならば、その反対にぼくをもうひとり創ることも可能になるからね。それはぼくが神様である以上起こりえない」

そうか、そういうことになるのか……。

そこでチャイムが鳴り、神様との対話は明日まで中断された。

＊

その日の放課後、下駄箱で英樹に声をかけられた。

「芳雄。探偵団で何かあったのか？」

英樹の質問はストレートだった。ぼくは運動靴に履き替えると、さりげなさを装って「どうして？」と訊ね返した。

でもダメだったみたいだ。ぼくは顔に出ると、前にも指摘された。

案の定英樹は嬉しそうに、「やっぱり何かあったんだな」と顔を綻ばす。

「孝志と辻聡美が中庭の隅で喋っているのを見たんだよ。二人が隠れて話すことといったら探偵団のことだろ。最初は孝志が告白でもしてるのかと思ったけど、二人とも頭をつき合わせて神妙な顔をしていたから違うなと。そもそも孝志は中庭なんかで告白できるタイプじゃないし。あいつは大勢の前でぶっちゃけるか、電話で絶叫するかどちらかだよ。それでピンときたんだ。おまけにあの山添ミチルが今日は元気だったしな……芳雄、猫殺しのことで何かあったんだろ」

得意げに名推理を披露する英樹。ちょっと驚いた。探偵の素質は、ぼくらメンバー以上にあるかもしれない。

「まあ、あったと云えばあったかも」

ぼくは曖昧に答えると、きょろきょろと辺りを見回した。でも孝志の姿は見えなかった。あいつがいれば即座に割って入ってくれるのに。孝志の探偵団絡みの嗅覚は、そんじょそこらの犬よりも鋭いはずだ。

「孝志はもう帰ったよ。援軍を頼もうとしてもそうはいかないぜ。なあ、何があったか教えてくれよ」

英樹は既に興味津々。黒飴(くろあめ)のような大きな眼を、これ以上は無理というほどに輝かせている。

『犯人を見つけ出し、罠(わな)を掛けた。犯人の名前は秋屋甲斐』

これが正しい答え。でも、さすがに英樹はそこまで気づいてはいないだろう。ちょっとしたヒントを摑んだくらいにしか思ってないはずだ。たかが子供の探偵団が、警察を出し抜くなんて想像できるはずもない。ぼくだって昨日までは、ミチルちゃんのために何かしてあげたいとは願っていても、できるとは夢にも思っていなかった。

だから正直に説明する必要はないはずだ。テキトーに誤魔化しておけばいいんだろうけど、それが難しい。頭が切れるわけじゃなく、そのうえぼくは顔に出るようなので、中途半端な嘘だとすぐにばれてしまう。何とか云い逃れる術はないものか？

　ぼくが迷っていると、痺れを切らしたように英樹が出口との間に体を滑り込ませ、詰め寄ってきた。

「なあ、芳雄。おれたち親友だろ。去年のキャンプで一緒に戦地をくぐり抜けたたった二人きりの戦友だろ」

　去年の夏、オリエンテーリングでのことだ。二人で夜中のキャンプ場を抜け出して、見晴らしのいい丘まで星を見に行った。丘からの眺めは、キャンプ場やぼくの家から見るのとはまったく違っていた。まっ黒に透き通った夜空にダイヤモンドのように輝く星々。いつも見慣れているはずの白鳥座や琴座がひときわ近くに感じられ、ぼーっと眺めていると思わず吸い込まれてしまいそうな感覚。それは今まで目にした何ものよりも、はるかに雄大なパノラマだった。

　そこまではよかった。来てよかったとしみじみ思った。あとでばれて叱られても、この美しい夜空を目にしたことのほうが、はるかに貴重で価値があったから

だ。

でも、そのあとがまずかった。時間を忘れ、慌ててキャンプに引き返そうとした帰り道、ぼくたちは道に迷ってしまった。

昼間に一度通った道だったので、つい油断していたのだ。分岐を一本間違えたのだろう、歩いても歩いても、いっこうにキャンプ場には辿り着けなかった。本当なら十分ほどで帰れるはずが、三十分たっても見覚えのある場所に出られない。むしろ山道を進めば進むほど険しくなり、キャンプ場から離れていくんじゃないかと思えたほどだった。

月明かりのおかげで道を踏み外すことはなかったが、無言でとぼとぼと歩いていくうちに、背中からだんだんと恐怖に囚われだしたことを今でもはっきりと覚えている。

あの時ぼくは本当に泣きそうだった。もし強い風が吹いて周囲の樹木を鳴らしたなら、夜行性の小動物がささっと足許を走り抜けていったなら、きっとぼくはその場に座り込んで泣き出していただろう。

そんなぼくを叱咤し励ましてくれたのが英樹だった。沈みがちなぼくに向かってダジャレを飛ばしつづけ、また星座の位置から方角を割り出し、正しい方向に歩い

ているはずだと力づけてくれたのが英樹だった。

もし英樹がいなければ、ぼくひとりだったなら、ぼくは奥深い山で遭難して翌朝には死んでいたかもしれない。英樹と一緒だったからぼくは助かった。いわば英樹は命の恩人だ。

二時間後、足がボロボロになりながらも何とかキャンプ場に辿り着いたとき、互いに〝天宮の誓い〟を立てて、ぼくたちは永遠の親友となった。

「当たり前じゃないか。ぼくたちは親友だよ」ぼくは固く頷くと、校舎を出て人のいないところに場所を移すように頼んだ。

二人で体育倉庫の裏までくると、ぼくはコンクリートの壁を背に腰を下ろした。体育倉庫は学校の隅っこに建っていて、その裏には錆びたフェンスと小さな雑木林があるだけ。人気はまったくない。わずかにグラウンドで遊ぶ子供の声が聞こえてくるだけで、人目を気にせず話せる場所だった。

「で、どうなんだ。猫殺しについて何か情報は摑んだのか」

隣にあぐら座りをした英樹が、待ちきれない顔で訊ねてくる。

「……なあ、英樹。本当はぼくも教えてあげたい。でも探偵団には鉄の掟があるんだよ。だからぼくには何も答えられないんだ。わかってくれ」

「何も探偵団に入れてくれとか、秘密基地の場所を教えてくれ、とか云ってるんじゃないんだぜ。ただ、探偵団で何かやったのか聞きたいだけなんだ。それすらダメなのか？」

案の定、前歯をつき出して英樹は追及してきた。

「おれたち〝天宮の誓い〟を立てたよな。それで何があっても親友であることにしたよな」

「だからだよ、だからなんだ」ぼくは激しく首を振った。「〝天宮の誓い〟でぼくと英樹は永遠の親友になった。この誓いは絶対に破らない。約束する。でも同じように『浜田探偵団』の掟もぼくは誓ったんだ。わかってくれ、英樹。〝天宮の誓い〟も〝探偵団の掟〟もぼくには破れないんだよ。もし〝掟〟を破ってしまったのなら、ぼくは誓いを破るようなくだらない人間だということになる。それだと、いずれは〝天宮の誓い〟も破ってしまうかもしれない。いや、ぼくには絶対に破る気なんかはない。でも一度破ったぼくを、英樹はことあるごとに疑いの目で見ることだろう」

「そんなことあるはずないさ。そもそも、おれが無理矢理芳雄に破らせるんだから。当たり前だろ」

「当たり前じゃない。そうなるんだよ。例えばぼくが他のやつと仲良くなったとするだろ。とくに英樹が気に入らないと思っているようなやつと。あいつは一度誓いを破っているから、そいつと新たに誓いを立てて、今度は〝天宮の誓い〟を破るかもしれない。きっと英樹はそう思う。それがぼくには堪えられないんだ」

ぼくは必死で訴えた。でも英樹には通じなかったらしく、

「おれにはいいわけにしか聞こえないよ」と、冷たく拒絶されただけ。とりつく島もない。

「じゃあ、英樹はぼくに一度誓ったものを破る人間になれというのか」

さすがに英樹も一瞬口ごもる。ぼくの声が思いのほか大きかったせいもあるのだろう。でもすぐに攻撃的な顔つきに戻ると、

「守らなきゃならないしきたりにも序列があるって、アンティゴネとかいう昔の人も云ってただろ。芳雄は〝天宮の誓い〟と〝探偵団の掟〟をただ天秤に掛けようとしているだけだ。そして〝探偵団の掟〟のほうを選ぼうとしているんだ。それでおれたち本当に親友と呼べるのか？」

「そんな人なんか知らないよ……でも、掟を守ってぼくが話さなくても、実際英樹はそんなに困らないだろ」

でも、探偵団の内容を話せばぼくは破門されるし、もしでっちあげをしたことが広まったりしたら更に大変な事態になる。

「なんだよ、それ。親友って本当にヤバイときしか助けないのかよ。普段は適当なつきあいでいいのかよ。それに今はうまいこと云ってるけど、本当にヤバイときに本当に助けてくれるのかよ。本当の親友と呼べるのかよ。本当はどうなんだ、芳雄」

本当、本当、と鼻息荒く連呼する英樹。ぼくは黙って俯くしかなかった。泣きたかった。でもここで泣けば、すべてのものを裏切ってしまう気がした。

英樹にはわかってもらわなきゃならない。

「……なあ、神様っていると思うか？」

何とか顔を上げ、ぼくは呟いた。

「なんだよ」英樹は顔をきょとんとさせた。「いるんじゃないのか。サンタクロースはいないみたいだけど。近所のオバさんなんか盛んに信じてるしさ。明日も神様の有り難い教えを聞きに、わざわざ常世市まで行くらしい。でもそれが何の関係があるんだ」

「神様が猫殺しの犯人を教えてくれたんだ……」

「いい加減にしろ。それが答えか」

英樹はすっと立ち上がると、憮然とした表情でぼくを見下ろした。怒りで口許は歪み、頬は紅潮している。

「だって本当に神様が名前を……」

「もう聞きたくない。お前を見損なったよ。そんなに探偵団が好きなら、〃天宮の誓い〃なんかこちらから願い下げだ」

荒々しくランドセルを右肩に掛けると、英樹はくるっと背を向けた。そのまま大股で立ち去っていく。

「英樹！」

呼びかけても返事はない。肩を怒らせながら体育倉庫の角に消えていく。

ぼくは座ったまま、その姿をただ眺めているしかなかった。

英樹

木曜日。雨のなか学校に着くと、教室では英樹がダビレンジャーのスペシャルTシャツを見せびらかしていた。前は戦闘服と同様に二本の縦ラインだけだが、背中には紅蓮の炎で燃え上がるダビレンジャー五人が大きくプリントされている。店で売っている通常のダビレンジャーTシャツは生地が赤、青、黄、黒、白の五色のいずれかなのに対して、スペシャルTシャツはタルムード司令ヴァージョンの銀色だった。タルムード司令は今でこそ変身しないが、若い頃はシルヴァーウルフと恐れられていたのだ。このヴァージョンはまだどこにも売られてなく、ひと月前、番組の最後に限定プレゼントとして紹介されていたものだ。

英樹の周りには既に五人ほどが取り囲んで、わいのわいのと騒いでいる。

「当たったのか、英樹」

ぼくが訊ねると、英樹はぷいと無視をした。代わりにそばの俊也に向かって、

「昨日届いたんだ」

背中のデザインを見せびらかすように、英樹は体を少し捻った。この様子では、昨日のことをまだ怒っているようだ。

ＴＶの画面では気づかなかったが、よく見ると、スペシャル版は司令も加わって燃え上がっている。普段は冷酷なまでに落ち着き払っているタルムード司令が燃え上がっているなんて、ますますレアだ。

「いいなあ」

羨ましそうに俊也が云うと、「いいだろう」と英樹が白い歯を見せて笑った。

実はぼくも応募していたのだが、昨日届かなかったということは、外れたのだろう。当選者はたったの五名だけなので、はじめから期待はしていなかったけど。

ただ、英樹が当選したのを知ったあとでは、英樹の得意げな顔を見たあとでは、なぜだかとても悔しい気になる。

もっとも今一番気にかかっているのは、英樹に無視されたことだけど。

英樹はみんなに見えるように、くるくるとファッションショーのモデルのように

体を回転させている。Tシャツが当たった喜びで、昨日のことを忘れてくれたらと思ったが、どうも無理っぽい。輪の外にいるぼくにだけ、意識して視線を向けないようにしていたからだ。

「カッコいいだろ。きっとロボを買ってもらえない埋め合わせを、神様がしてくれたんだよ」

まさか、と鈴木君を見る。鈴木君は自分の席でひとりぽつんと本を読んでいた。

「でも今日は雨なのに勿体なくないかぁ」

午後には止むそうだけど、今は小雨が降っている。せっかくのレアものを初日から雨で濡らして来るなんて、ぼくの感覚からすればありえない。俊也も同じ気持ちだったのだろう。天ぷらとスイカが一緒に出てきたような顔をして訊ねていた。

「一刻も早く見せびらかしたかったんだよ。当選者の名前が発表されたあとだと、インパクトが薄れるだろ。それに今日は塾があるから塾の連中にも見せられるしな」

英樹のほうはあっけらかんとしたものだ。

「またプレゼントあるかな。どうせ当たらないと思って応募しなかったけど、こんなことなら応募しとけばよかった」

口許をゆがめ、俊也がほぞを噛む。

「あると思うよ。去年も何度かあったし。来月には六人目のメンバーが出るらしいから、もしかするとそれが出るんじゃないかな」

バハムードの他に六人目のメンバーも出るのか。鈴木君はそんなこと話してなかった。きっとリサーチが行き届かなかったのだろう。

「新キャラもいいな。今度は絶対応募するよ。ハガキを五十枚出してやるんだ」

俊也の口調には固い決意が溢れていた。俊也ならやりかねない。でも、ハガキ五十枚ってぼくのお小遣いより多い金額だ。

今度募集があったときは、鈴木君に頼んでみようか……それなら一枚でも当たるかも。ふとそんな考えが過ぎった。でもあまりにバカらしいので、一笑して頭から追い払う。

もう一度鈴木君を見やると、本ではなくこちらをじっと見つめている。ぼくと目が合った途端、ふっと笑った気がした。思わず目を逸らせる。

そのとき、背後からいきなり強い力で右腕を摑まれた。振り返ると孝志だった。孝志はそのまま教室の隅までぼくを引っ張っていくと、

「ミチルが来ていないんだが、今日はズル休みか？」

と小声で訊ねてきた。体のでかい孝志なので、小声といってもそれなりに大きい。教室を見回して、初めてミチルちゃんがまだ来ていないことに気づく。スペシャルTシャツに気を奪われてミチルちゃんのことをすっかり忘れていた。ぼくともあろうものが。

黒板の上の時計を見るとあと一分で始業のチャイムが鳴る。ミチルちゃんは学校はちょくちょく休むが、なぜだか絶対に遅刻はしない。また始業ギリギリに廊下を走って飛び込んでくるなんてことは、(聡美ならともかく)ミチルちゃんは絶対にやらない子だ。だから今日は休みの日なのだろう。

ミチルちゃんは体調がすぐれないからと、週に一度か二度は学校を休んでいる。要はズル休み。たまに本当に体調を崩しているときもあるらしいけど。お母さんが働きに出ているので、マンションには一人きりのはず。ぼくなんか学校で英樹たちと騒いでいるほうが楽しいと思うけど、ミチルちゃんはそうではないらしい。お母さんのほうも、担任の先生がいくら登校させるように云っても「ウチは放任主義で、登校は子供の自由意志ですから」と取り合わないらしい。毎朝母さんに叩き起こされるぼくとしてはすごくうらやましい。大人には有給休暇というのがあるけど、子供だって休みたい日はあるのだ。

そういえば昨日の夜、ミチルちゃんから電話が掛かってきて、光一さんにハイジの鈴をちゃんと届けたという連絡があった。てっきり孝志たちにも報告しているものと思っていたけど、そうではないようだ。

「昨日電話があって、ちゃんと届けたって云ってたよ。そうか。今日教室で云えばいいのに、昨日わざわざぼくのところに電話を掛けてきたということは、最初から休むつもりだったのかも」

ぼくは初めて電話の意図に気がついた。ぼくからみんなに話してくれということに。昨夜はミチルちゃんからの電話でハイテンションになり、そんなことに気づく余裕もなかったのだ。

「そういうとこだろうな。まあ、ちゃんと渡したのならいいんだけど。今日の新聞に逮捕の記事が載っていなかったから、どうなったのかと思ってな」

「すぐ逮捕するんじゃなくて、見張ってるんだと思うよ。アリバイとかも調べる必要があるだろうし。証拠固めってやつじゃないかな」

「そうだろうな。早く捕まって欲しいよ、あんなやつ」

孝志にしては珍しく、気を揉むような態度だ。いつもはやることはやったと、でんと構えているんだけど。

「孝志がそんなに猫殺しの犯人を憎んでたなんて知らなかったよ」

「それもあるけど、犯人逮捕に貢献したとなれば、わが浜田探偵団の偉大な一ページを飾れるだろ」

なるほど、そっちのほうか。

「でも、公表はできないよ。公表したら、でっち上げたことがばれてしまうし」

「しっ、声が大きい」

孝志は人さし指を立て、大声で注意すると、

「いいんだよ。功績を額に入れて本部の壁に飾っておけば。それだけでも箔がつくってもんだ」

近く迎えるはずの探偵団の輝かしい栄光を思い描いているのか、孝志は一転にこやかな表情になり、遠い窓の外を眺めている。

外は相変わらずの雨。厚い雲がどんよりと空を覆っている。今のぼくの心を象徴しているかのように。

本当に、探偵団の栄光は来るのか？

＊

結局その日英樹は一言も口をきいてくれなかった。視線すら合わせてくれない。もう少しほとぼりが冷める時間が必要かもしれない。掃除の時間も神様ゲームをする気にはなれず、黙々とタイル磨き。鈴木君もそれを不思議がる素振りもなく静かにブラシを動かしている。思い返してみれば、いつもぼくのほうから声をかけていて、鈴木君から声をかけられたことはなかった。

仕方なく放課後は真っ直ぐ下校し、気晴らしにひとりでＴＶゲームをしていると、ケータイに孝志から電話が掛かってきた。いつもは家電話なのに、ケータイに掛けてくるなんて珍しいなと思いながら出ると、「いますぐ本部に来い」と緊迫した声が聞こえてきた。

「集合は明日じゃなかったっけ」

集合日は基本的に火曜と金曜だ。鉄の掟の一つに、『本部へは必ず五人が揃って行くべし』という条項がある。秘密を守るためにも勝手な行動は許されないのだ。だから集合の時は、下校前に予め出欠をとることになっている。でも今日、臨時の集合があると学校で聞いてはいなかった。

声の調子といい、なにか大事件でも持ち上がったのだろうか？　そう思い、訊ねると、

「そうだ。緊急事態が起こったんだ」

「緊急事態？」

秋屋甲斐のことだろうか？　だが孝志の答えは違っていた。

「英樹に本部の場所を知られたかもしれない」

「まさか」

「俊也が偶然見かけたんだよ。とにかく早く来い。本部の前で待っているからな」

慌てるように電話は切れた。英樹が本部を見つけた？　たしかに英樹は探偵団に入団したがっていたけど……。ふと昨日の出来事が思い出された。ぼくが教えなかったから業(ごう)を煮やして自力で探り出そうとしたんじゃないだろうか。

中ボスとのバトルが山場だったので名残惜しかったけど、そんな場合じゃない。ゲーム機の電源を消すと、ぼくは急いで外へ出た。

雨は午前中には止んでいたが、道はまだ乾いていない。未舗装のぬかるんだ枝道を駆け抜け本部の前まで来ると、赤と黄色のTシャツを着た孝志と俊也が既に待っていた。こんな時でも掟に従って中には入らず、律儀に戸口の脇の岩に腰掛けている。二人はぼくを見つけると「おう」と立ち上がった。

「どういうことなんだ、俊也」

半ズボンなので濡れた雑草の雫が足にまとわりつく。こんなことならタンスからジーパンを引っ張り出してくればよかった。ちょっと不機嫌になったまま、ぼくが訊ねると、

「俊也が英樹を見かけたんだよ。県道からロスバの十字路へ駆け下りていく英樹の後ろ姿をな。あの道から英樹が下りてくる理由は他に考えられないだろ」

ロスリスバーガーの十字路から県道を登る道は、その途中ほとんどが森で、山を越えて隣の市に到着するまでこれといった目的地はない。秋には紅葉が綺麗だけど、今はシーズンオフ。もちろん観光地なわけでもなく、ただ道沿いに樹林が広がっているだけだ。英樹のような部外者にとっては特に用のない道だといえる。ただ唯一この鬼婆屋敷を除いては。

「本当に英樹だったのか」

すると俊也は疑われたと思ったのか、わざとらしく眼鏡をかけ直す仕草をすると、

「ダビレンジャーの銀色のスペシャルTシャツがはっきりと見てとれたんだよ。朝に散々自慢されたんだ。見間違えるわけがないよ。それにゴールデンイーグルスの帽子も被っていたし」

たしかにこの辺りでゴールデンイーグルスのファンなんか英樹くらいだ。クラスでも珍獣扱いされている。

俊也は発見したその足で本部へ向かい、孝志に電話をかけたという。

「でも英樹って今日は浜田ゼミナールに行っているはずだろ。親がうるさいから、サボれないはずだよ」

浜田ゼミナールというのは浜田町にある小学生と中学生を相手にした塾だ。英樹や他校の連中がたくさん通っているが、なぜか地元の浜田町の子供はほとんど行っていない。町自体がのんびりしているからとも、建設時に日照権とやらで町内でちょっとしたいざこざが起こったからだとも云われている。どっちにしろぼくらには好都合だった。

「いままでも塾が始まるまでの間に、本部の場所を探っていたのかもしれないな。そして今日ようやく場所を突き止めたのかも」

腕組みしながら、そう孝志は推理した。

「でも塾が始まるまで探していたのは本当かもしれないけど、まだここが見つかったとは限らないんじゃないかな。途中で塾に遅れるから駆けて戻っていっただけかもしれないし」

鬼婆屋敷は浜田町の子供たちには有名でも、他の町のやつにはさほど知られていないはずだ。それに県道からここに辿り着くまでに、細い荒れた山道を抜けなきゃならないし、当てずっぽうでおいそれと見つかる場所ではない。

「いや。入り口の番号錠が外されていたんだよ。火曜日はちゃんと最後におれが鍵を掛けた。はっきりと覚えている。だから掛け忘れはありえない。その上……」

と、孝志は背後に置いてあった紺色のカバンを目の前にかざした。厚手のビニール製の手提げカバンで、右隅には英樹の名前がマジックで書かれている。

「これが脇に立て掛けられていた。中には塾の参考書やノートが入っていたから、英樹がここにたどり着いたのは間違いない」

「でも英樹は県道を駆け下りていったんだろ。どうしてカバンだけがここにあるんだ？　それとも俊也が見たあとに引き返してきたのか」

「俊也は英樹を目撃してから、ピンときてすぐにここへ来たんだ。そして鍵が外れているのを見つけて、急いでケータイでおれに連絡してきた。だから英樹が戻ってくる暇はないはずだ。おれが来るまで俊也はずっとここで待っていたんだし」

「じゃあ……」

「もしかすると鬼婆が現れたのかもな。それで泡を食って逃げ出したと。……まあ

それは冗談だけど、発見した興奮で置き忘れてしまったのかもしれない」

その説にはあまり説得力がないように思えた。いくら興奮していたからといって、塾で最も必要なカバンだけを忘れるなんて。でも錠が外れ、カバンが放置されていたのだから、少なくとも英樹がここを発見したことは確かなようだ。

「もしかするとぼくたちが知らない近道があって、俊也より先に戻ってきたのかもしれないよ」

「その場合は、英樹はまだこの屋敷の中にいることになるが、それならカバンも持って中に入るだろ。雨で湿っているのにわざわざ地面の上に置きっ放しにしておくなんて考えにくい。それにこの付近の枝道はいくらか調べたけど、他に道はなかったはずだ。そもそも松茂町の英樹がこの山に土地鑑があるとは思えない」

「たしかにそうかもな。じゃあ、どうしてここにカバンが残ってるんだ」

「さあな。それを確認するためにも芳雄たちを呼んだんだ」

一陣の風が吹き、ざわざわと揺らめく木立。曇り空とあいまって、いつになく不穏な気配を感じさせる。孝志も気になるのか、ちらちらと森に目を向けている。

その時、ミチルちゃんと聡美がふたり連れ立って山道から現れた。ミチルちゃんはもとより、聡美も一度家に戻ったらしく手ぶらだった。

「ごめん、ミチルを迎えにいってたから。やっぱりサボりだったわよ」

「なんだか気分が乗らなかったから。それに鈴を渡して安心して、ちょっと気が抜けたのかもしれない」

ミチルちゃんは悪びれる様子もない。羨ましいくらいに全くの自由だ。サボりのことよりも露で濡れた白いロングスカートの裾を気にしている。

「これでようやく五人揃ったな」

待ちかねたといった素振りで、孝志はミチルちゃんたちに事情を説明した。

「あ〜あ。とうとう見つかっちゃったか」

深刻な雰囲気の中、あっけらかんとした声を聡美が上げる。

「なんだ？　聡美は見つかって悔しくないのか。この半年、おれたちが苦労してここまで改装したのに」

「遅かれ早かれ見つかるものだと思っていたからね。鬼婆屋敷の場所は、町の人ならたいていは知ってるわけだし。そりゃあ悔しいけど、岩渕君ならメンバーに加えれば秘密は保てるでしょ。彼、入りたがってたし」

「英樹を入れたら浜田探偵団の純血が……。まあいい。とにかくその話は中へ入ってからだ」

云い争ってる場合じゃないと気づいたのか、孝志は先頭に立って扉を開けた。

家の中には人気はなく、ひっそりしている。いつもの鬼婆屋敷だ。英樹が戻ってきた気配もない。もっとも物陰で息を潜めていたなら別だけど。

先ず一番手前の、普段ぼくたちが使っている本部の障子を開け覗(のぞ)いてみる。部屋に荒らされた気配はなく、綺麗なものだった。一見したところ、盗まれた物もないようだ。

「この前と変わったところはあるか」

念のためか孝志は訊ねたが、みな首を横に振った。

「見つけただけで、中には入っていないんじゃない？」

靴を脱ぎ本部に上がり込むと、聡美はどっかと革張りのイスに腰を下ろした。背をあずけ、心配しすぎだよといわんばかりにくつろいでいる。聡美はその辺がおおらかだ。

「たとえ入ってたとしても、岩渕君はメンバーになりたがってたくらいだから、盗んだり壊したりするようなことはないと思うけどね」

「英樹ひとりならいいんだけどな。松茂町には須之内(すのうち)とかがいるし」

顔をしかめ、心配げに孝志が呟く。須之内は英樹と同じ松茂町に住む五年生だ。

ぼくらに触発され英樹と一緒に松茂探偵団を創ろうとしたが、他に誰も集まらずに諦めた経緯がある。自分らで創れないとなると、今度は探偵団に入れろとしつこく迫ってきた。まるで自分こそリーダーに相応しいといった口調で。もちろん孝志はぴしゃりとはねのけた。

おそらくケンカしたら孝志が勝つだろうが、一応上級生だ。メンバーになればそれなりに扱わなければならないだろう。そのうえ噂では養護の生徒を苛（いじ）めるような陰湿な性格らしく（そこが孝志がもっとも気に入らないところでもある）、ぜったいに仲間にしたくないタイプだった。

「たしかに須之内はイヤね。しょーもない人間なのに、年上ってだけでやたら偉そうにしてるし」

そこは聡美も同意する。聡美にとっては本部の存続より、須之内のほうがはるかに問題のようだ。気持ちは痛いほどわかる。

「英樹もその辺りは心得てると思うよ」

親友として、ぼくは英樹を擁護した。同じ町の上級生だから渋々つき合っているだけで、英樹も須之内は嫌っていた。そもそも須之内が好きなやつなんていない。

その時、「でも、」と俊也が声を上げた。「英樹がカバンを置き忘れて降りてきた

たとか」

のは、先にここに誰か別のやつがいたからかもしれないよ。だから慌てて逃げ出したとか」

「なるほど。それが須之内かもしれないわけか」

口をへの字に曲げ、孝志が奥の部屋に目を遣る。そして大股で仕切りの襖に近づくと勢いよく開けた。

奥の部屋は開かずの部屋で普段は使っていない。だからやたらと埃っぽい。襖を開けたとたん、白い粉がこちらにまで舞い込んできた。窓が塞がれているせいで中は暗かったが、人影は見あたらない。もっともガラクタをさんざん押し込めているので、隠れる隙は山ほどあるのだけれど。

「おい、誰かいるかぁ。今さら隠れても仕方ないぞ」

右手で埃を払いながら、孝志が大声で呼びかける。だが何の変化もない。開かずの間は、相変わらずしんとしている。

「きっと誰もいないと思うよ。俊也君がずっと表で見張っていたんでしょ。誰かいたのなら、俊也君がひとりの時に強引に逃げ出してたと思うの。みんなが集まったら厄介だし。だから結局、なるようにしかならないんじゃないかな？」

ミチルちゃんがロングソファーに身を埋めながらなげやりな声を上げた。山道を

歩いて疲れているのか、裾の濡れたスカートが気になって仕方ないのか、見るからにやる気のない態度だ。ミチルちゃんは、ハイジの時こそ積極的だったが、普段は集合にもそんなに乗り気ではない。そもそもが聡美が女ひとりはイヤだからと強引に加入させたのだ。ぼくにとってはラッキーだったが、ミチルちゃんが入らなければ聡美も入ってなかったので、孝志もその辺りは珍しく大目に見ているようだ。

「なんだよ、みんな。揃いも揃って。探偵団の存亡がかかっているこの一大事に、あまりにもやる気がなさすぎだぞ」

孝志はちっと舌打ちして背を丸めると、「わかったよ。全部リーダーのおれがやればいいんだろ」ひとり裏庭のほうへと向かっていった。

「探偵団を愛する気持ちはわかるけど、ちょっと力が入り過ぎよね。彼女でも作ったほうがいいんじゃない。あ、でも今度はその彼女が困るか」

孝志が消えたのを見計らって、イスに座ったまま聡美がけらけらと笑う。孝志が耳にしたら一週間は寝込みそうな台詞だ。もし裏まで聞こえていたら、とちょっとはらはらする。聡美はおおざっぱな分、孝志の気持ちにも気づいていないようだ。

「そうだね。あれだけパワーが有り余っているんだから、きっと彼女になる子も大変だよ」

驚いたことに、俊也も追従して笑っている。なんだか俊也も気づいていないようだ。もしかすると気づいているのはぼくだけ？　でも英樹も気づいていたようだし。この二人が特別鈍いのだろうか。

そのとき孝志が「おい！」と大声を張り上げながら戻ってきた。もしかして聡美の声が聞こえていた？　まずいな。

だがそれは杞憂だったようだ。孝志は大きく目を見開いたままぼくたちに向かって、

「おい、裏口に掛け金が掛かっているぞ」

「掛け金なんていつも掛かっているじゃない。なにをそんなに大声を上げてるのよ」

「違うんだ」

苛立ちを抑えきれない様子で、孝志は肩と頭を激しく震わせると、

「掛け金は内からじゃなく、外側から掛かってるんだ。もう。ここで話していてもらちが明かないから、ちょっと裏口まで来いよ」

土間に立ったまま忙しげに手招きする。仕方なく裏口に行くと、ほらな、と孝志はドアを押してみせた。外開きのドアはキシキシと金属が軋む鈍い音がするだけ

で、全然開く気配がない。

鬼婆屋敷は、玄関から三つの部屋の脇を抜け裏庭まで一直線に、セメントで固めた土間が伸びている。その先は裏庭に通じる裏口で、古い木のドアが取りつけられていた。ドアには鍵の代わりに、内外両側に掛け金がついていた。掛け金は外からも内側からも掛けられるが、互いに独立していて、反対側からは開けることができない。つまり内側から掛ければ内側からしか、外側から掛ければ外側からしか外せない。そのせいで以前、裏庭に出たときに、イタズラで内側から掛け金を掛けられ困ったことがあった。

また裏庭は薄いトタンの塀で囲まれており、家の外からは裏庭に入り込めないようになっている。つまりドアの外から掛け金がかかっている以上、裏庭に誰かがいるのは確実なのだ。

正直、今までは孝志の考えすぎで、本部には誰も隠れていないだろうと高を括っていた。でもこの状況を見ると、考えを改めなければならないかもしれない。

「じゃあ、裏庭に誰かいるということ？　わたしたちがやってきたので慌てて裏庭に出て掛け金を掛けたのかしら。掛け金が自然に掛かるということはないよね」

怪訝そうに聡美が訊ねると、おそらくない、と孝志は首を振った。

「それに内側の掛け金は開いていたんだ。火曜日にはおれがきちんと確認したから、誰かが外したんだよ。そして裏庭から掛け金を掛けた」

云い終えるや否や、孝志はドン、ドンと力任せに体当たりする。しかし古びた合板のドアは見た目よりも頑丈らしく、蝶番が悲鳴を上げこそすれ、ドアはびくともしなかった。

「おい！　須之内だろ。いいかげん諦めて出てこいよ。隠れていてもきりがないだけだろ。大人しく出てくれれば話し合いの余地もあるってもんだ」

痺れを切らして、孝志がドア越しに大声で叫んだ。だが返事は返ってこず、静まり返ったまま。

「おい！　いいかげんにしろよ」

青筋を立てながら再び怒鳴る。でも結果は同じ。何の反応もない。

「なあ。もし裏庭にいるのが須之内じゃなかったらどうする」

今まで黙って様子を見ていた俊也が、弱気な声でぽつりと洩らした。

「どういうことだ？」

「今気づいたんだよ。英樹がカバンを忘れたのは興奮してたからじゃなく、恐怖のあまりだったたんじゃないかって。それだと一目散に走っていたのも頷けるし」

「恐怖。まさか鬼婆を見たとでもいうんじゃないだろうな。さっき云ったのは冗談に決まってるだろ」

「ちがうよ」俊也は恐ろしく真面目な顔つきになると、「ぼくは秋屋甲斐じゃないかと思うんだ」

「秋屋甲斐？　あの猫殺しの大学生か。でもどうしてあいつがここにいるんだ」

全く理解できないとばかりに、孝志は俊也を睨みつけた。だが俊也は怯むことなく、

「あいつはまだ逮捕されてはいないだろ。もしかするとぼくたちがチクったのを知って復讐に来たのかもしれない。ぼくたちの本部を突き止め、今日ここで待ち伏せをしていたのかもしれない。本当なら今日は集合日じゃないから、待ちぼうけを喰らうはずだったんだけれど、偶然本部を探していた英樹と出くわしたとしたら？」

「まさか。そんなことあるわけ……」

そういう聡美の表情もいくらか強ばっている。口許に手を遣り、それ以上の言葉を発するのを躊躇っているようだった。ありえないとは思うものの、完全には否定しきれない。なにせ猫を殺し回るほどの陰湿な男だ。ぼくたちに復讐を企んでいたとしても、そのために執拗に本部のありかを探し回っていたとしても不思議ではな

い。

一瞬、大きな刃物を手にした秋屋の姿が、ぼさぼさの長髪の下から鋭く光る狐のような目が、頭を過ぎった。あいつなら、猫だけじゃなくぼくたちも殺しかねない。父さんもそう云ってたじゃないか。弱者をいたぶる血に飢えたやつだと。

「この奥に秋屋甲斐がいるの？」

少し遅れてやってきたミチルちゃんが、蒼ざめた顔で華奢な体を震わす。秋屋を陥れた物証は、ハイジの鈴だ。そしてハイジはミチルちゃんが可愛がっていた猫である。逆上した秋屋が真っ先に狙うのは、ミチルちゃんの可能性が高い。

「なに云ってるんだ、馬鹿馬鹿しい」

すべてを打ち消すように、孝志がひときわ大きな声を上げる。振動でぴりぴりと開かずの間の襖が震えた。

「そんなことあるはずないだろ。あいつがどうやって本部の場所を知ることができるんだ。それに考えてみろよ。もし本当にヤバイ奴がここにいて英樹がそれを目撃したのなら、警察か先生に報せて、今頃は誰かここに駆けつけているはずだろ」

「ショックのあまり、家で布団にくるまって震えているのかもしれないよ」

即座に俊也が反論する。ネガティヴな方向だと、俊也はとたんに想像力が豊かに

なるようだ。

「それはない。あそこは歯医者で親が家にいるから、布団にくるまっている暇なんかがあれば、塾をサボった理由を問い詰められているさ。それに、」

と孝志は右手で拳をつくると、

「いざというときはおれが何とかする。だから芳雄、ぼーっとしてないでお前も手伝え」

そして雑念を振り払うように再び肩から体当たりを始めた。でも、やせっぽちといえども相手は大人だ。そのうえ刃物を持っていたなら、はたして孝志ひとりの力で何とかできるのだろうか……。

不安を覚えつい逃げ腰になったとき、ふと鈴木君の言葉が頭の中に甦(よみがえ)った。

「きみは三十六歳まで生きるよ」

だとしたら、どんなことが起こっても、今はまだ死ぬことはないわけだ。

いくら猫殺しの犯人を当てたからといって、鈴木君の言葉を鵜呑(うの)みにするのもどうかと思ったが、不思議となんだか少し力が出た。ぼくは孝志の横に並ぶと、ドンとタイミングを合わせて体当たりをかました。

五、六度体当たりをしたところで、みりっと釘が抜ける音とともにいきなりドア

が外に開いた。掛け金が弾け跳んだのだ。その拍子に、ぼくと孝志はつんのめるように裏庭に突っ込んだ。

「痛ぁ」

寸前に手を突きなんとか肩から地面に落ちることはなかったが、その代わり手のひらを激しく擦ってしまった。体当たりのせいで右肩も鈍く痛い。ぼろぼろだ。

孝志はと見ると、さすがにスポーツ万能を自称するだけあって、すでに立ち上がって裏庭を見回していた。

裏庭は静かなものだった。夕焼けが辺りを朱く照らしていたが、人の気配はまったくない。ただ足許に弾け跳んだ掛け金が転がっているだけ。

「なんだ、誰もいないぞ」

さっきまでの反動か、気抜けした声を孝志は出した。

裏庭はテニスコート一面分もない広さで、三方を塀に囲まれている。トタン塀の高さはぼくらの背よりはるかに上。土がむき出しの地面は足の長い雑草で覆われている。春先に刈り込んだはずだけれど、ここ三ヵ月の間に好き勝手に伸びたようだ。右隅には直径四十センチほどの切り株。かつては枝葉を繁らせていたのだろうが、ぼくたちが発見したときにはすでに今の状態で年輪が焦げ茶色に変色してい

た。左隅には数人乗ったら壊れそうな小さな物置小屋がしつらえてあり、庭の真ん中には苔（こけ）むした石でできた古井戸が突き出ている。その脇には朽ちて途中で折れた物干し竿。狭い裏庭で目に入るのはそれくらいだ。

「おい」

その中で孝志が指さしたのは古井戸だった。

「蓋が外れてる」

古井戸には板で作られた大きなたらいのような蓋が、茶筒みたいに被（かぶ）せられており、その上に重しの石が載っている、はずだった。井戸に落ちると危険なので、いちばん初めに中を覗いて以来誰も手を触れていない。でも今はその蓋が井戸のかたわらに下を向けて伏せられていた。重しの石は蓋の脇に転がっている。

石はかなり重く、また蓋の形状からみても、風に煽（あお）られて落ちたというのは考えにくい。誰かが石をどけて蓋を外したのだ。いったい誰が？

たしか井戸の中は、半年前に見たときは、危険防止のためかほとんどを石で埋められていた。水は涸（か）れてなかったものの、深さにすれば二メートルもなかったはず。濡れることさえ我慢すれば、大人が隠れることができるかもしれない。

「おい。井戸に隠れているなら諦めて早く出てこいよ。こちらは五人もいるから抵

抗しても無駄だぞ」

孝志が叫んでみたものの、これまで同様何の反応もない。ざわざわと塀の外の木々のざわめきが聞こえてくるだけ。それならと孝志は慎重な足取りで雑草を踏みつけ井戸に近づいていった。そして充分に警戒しながら中を覗き込む。

次の瞬間、孝志の表情が強ばった。表情だけでなく体全体が強ばって止まった。

「どうしたんだ、孝志」

ドアのそばから呼びかけたが返事がない。視線を井戸の中に釘付けにしたまま孝志は硬直している。十秒、二十秒。まったく動かない。

いったい孝志は井戸の中に何を見つけたのか？

ぼくは恐る恐る井戸に向かうと孝志の脇から覗き込んでみた。ぷんと湿った臭いが鼻をつく。

中に何かがいた。

最初は西日が邪魔をして、それが何かははっきりと見えなかった。でもだんだんと目が馴れるにつれ、ぼんやりと形がわかってきた。

人の頭だ。

やっぱり誰か隠れていたのだ。でも、そいつは全く動かなかった。一メートル下

の、緑の藻や水草で埋め尽くされた水面から顔だけ出し、じっとこちらを見上げている。サイズから考えると、大人ではなく子供のようだ。じゃあ、やっぱり須之内？

もどかしくなり井戸の縁に手をつき身を乗り出す。するとはっきりと顔形が見えてきた。

目を開いたまま瞬きもせず、出っ歯の口を半開きにして静かに上を向いている青白い顔。見覚えのある、いやそれどころか毎日つきあわせていた親しみのある顔……それは英樹のものだった。

「英樹！」

思わずぼくは叫んだ。だが英樹になんの反応もない。顔には既に生気はなく、眼はずっと白目をむいている。鼻からはわずかに鼻血が流れ出ていた。

「英樹！」

からからになった喉で、ぼくはもう一度叫んだ。

「岩渕君なの？　岩渕君がいるの？」

足音がし、戸口にいた聡美たちが駆け寄ってくる。

「きゃあ！」

　次の瞬間背後からミチルちゃんの甲高い悲鳴が聞こえてきた。振り返ると、ミチルちゃんは真っ青な顔をして、両手をクロスさせ自分自身の体をぎゅっと抱きしめている。まるで真冬の、心の芯から染み出してくる寒さに凍えるかのように打ち震えていた。そして「死んでる。死んでる」と叫びながら、一歩二歩と後じさりしていく。

　そうだ。英樹は死んでいるのだ。

　嘘でも冗談でもなく。本当に死んでいるのだ。

「秋屋甲斐に殺されたのよ。きっとわたしたちも殺されるわ！」

　真っ赤な虚空を見上げ、ミチルちゃんはあらん限りの声で叫んだ。だがその声は夕焼け空に吸い込まれるのみ。やがてミチルちゃんは堪えきれなくなったように向きを変えると、「助けて！」と叫びながらそのまま家の中へ駆け込んでいった。

「うあぁぁ」と、足を震わせながらも今まで持ちこたえていた俊也がそれに続く。

「ちょっと待ってよ。ミチル」

　聡美も、半泣きの顔であとを追おうとした。

「おい！　待てってたら」

　呼び止める孝志の声も異常に震えている。表情はずっと強ばったまま。いくら孝

志でも、死体を、それも友達の死体を見るのなんて初めての経験なんだろう。もちろんぼくもそうだ。

「孝志。ヤバイよ。ここ」

そう口にした途端、急に恐怖が押し寄せてきた。犯人がまだ近くにいるかもしれない。今度はぼくの番なのか？

そのとき山鳥の群れが近くの林から一斉に飛び出した。空じゅうが大きな羽音で埋めつくされる。まるでこの庭をめがけて襲いかかってくるように。

これが限界だった。

ぼくたちは一目散に裏庭を、そして鬼婆屋敷を飛び出した。

死

「どうしよう……」

「……英樹だったよな」

「死んでたよな……」

「本物だよね……」

「やっぱり秋屋が……」

鬼婆屋敷を飛び出て原っぱの端まで一気に駆け抜けたあと、ぼくたちは互いに顔を見合わせ固まっていた。みなぜいぜいと肩で息をし、足はガクガク震えている。

Tシャツは汗でびっしょり濡れていた。

英樹は今も冷たい井戸の底に沈んでいる。裏庭でひとり寂しく冷たくなってい

る。せめてあそこから引き上げてやりたい。……でも、できなかった。怖くて体が動かないのだ。再び裏庭に戻ることなどとてもできなかった。

鬼婆屋敷を見ると、今まではただ古いだけと感じていた黒ずんだ外観が、夕陽の逆光になり、本当に人の血を吸っているかのようにおどろおどろしく、赤黒く映えていた。

びゅうーと夏なのに薄ら寒い風が音を立て原っぱに吹き荒れる。鬼婆屋敷の方角からだ。まるで鬼婆屋敷そのものが風を発生させているかのよう。体から噴き出た汗が、一瞬にして氷のように冷たくなった。あの家には、いま確実に生贄(いけにえ)がいる。もうぼくたちの秘密の本部ではなく、本物の鬼婆屋敷なのだ。

「警察に報せよう。もうおれたちではどうしようもない」

五分ほど経ったころだろうか。膝に手を突き息を整えていた孝志が決断した。視線は鬼婆屋敷の入り口に注がれたまま。蛇に魅入られた蛙みたいに、ずっと目を逸らせないでいる。

「怒られるだろうな……」

つっかえをなくしたかのように、ぽとんと俊也が地面に座り込む。

「そんな場合じゃないだろ。英樹が殺されたんだぞ」

「それくらいわかってるよ。なにもぼくに八つ当たりしなくてもいいじゃないか」

今にも泣き出しそうな情けない顔で、俊也は云い返した。

「八つ当たりしてるわけじゃない。いちばん可哀想なのは英樹だろ。それに比べたら、おれたちが叱られることくらい大したことじゃない」

さすがリーダーだ。孝志は覚悟を決めた素振りで背筋を伸ばすと、ポケットから自分のケータイを取りだした。

「ちょっと待って。芳雄君のお父さん、たしか刑事さんだったよね。先ずお父さんに話してみたほうが……」

孝志がボタンを押そうとしたとき、ミチルちゃんがか細い声で提案した。ミチルちゃんは真っ青な顔で今にも崩れ落ちそうに横のクヌギの幹に身を預けている。とてもひとりでは立っていられない様子で、それからも受けたショックのほどが窺える。

手を止めた孝志が、「どうして?」というふうにミチルちゃんを見た。

「だって、知らない刑事さんにいろいろ聞かれるより、話しやすいと思って」

「それがいいかも。芳雄のお父さんならわたしも知ってるし」

聡美がすぐさま賛同した。声は平常を取り戻していたが、表情は依然強ばったま

まだ。自慢の茶色いウェーブの髪もぼさぼさに乱れている。

「父さんに？」

思わずぼくは声を上げた。

きっと怒られるだろうな。でも、遅かれ早かれ怒られるのだ。ミチルちゃんの云うとおり、見も知らない警官や刑事に根ほり葉ほり訊かれることを考えれば、まだましかもしれない。

「わかったよ。ぼくもそれがいいと思うし、掛けてみるよ」

ぼくは自分のケータイを取り出すと、父さんのケータイに電話した。ほどなく回線が繋がり、どうしたんだ？　と怪訝そうな父さんの声が聞こえてくる。

仕事中の父さんに電話を掛けたことなんて今までない。そのため妙に緊張して、最初どう切り出そうかと迷ったが、結局ストレートに事情を話すことにした。

父さんは黙って最後まで聞いてくれていたが、ぼくが話し終わると、「芳雄の見間違いじゃないだろうな」といくらか硬い声で念を押した。

「絶対間違いじゃないよ。ぼくだけじゃなく、みんなが見たんだ」

「そうか……。それで、今はどこにいるんだ？」

「鬼婆屋敷の前の原っぱだよ」

するとと父さんは意外な質問をした。

「芳雄、本当に英樹君は死んでいたのか？　もしかすると気を失っているだけかもしれないぞ。ちゃんと確認したのか」

「ううん」とぼくはケータイ越しに首を振った。「みんな怖くなって逃げ出したから、そこまではわからないよ」

「なら、もう一度確認しなさい。もしまだ英樹君に息があったとしたら、大変なことになる」

「でも……」

父さんの云いたいことはわかる。まだ助かるかもしれない英樹の命を見殺しにしてしまうかもしれない。でも、もう一度鬼婆屋敷に戻るなんて……。

ぼくが返事を躊躇っていると、

「芳雄。男だろ」

電話の向こうで父さんが叱咤した。昔、空き地で野球をやっていたとき、隣の家の窓ガラスを割ってそのまま逃げ帰ってきたことがある。夜に父さんにばれて、男なら正直に名乗り出て謝ってこいときつく叱られた。その時と同じ声だった。

「友達の命と、どちらが大事なんだ！」

もちろん英樹の命に決まっている。〝天宮の誓い〟を立てた親友なのだ。

「わかったよ父さん。英樹はぼくの親友だ。確かめてみるよ」

「偉いぞ」と、うって変わって優しい声が聞こえてきた。「確認したらまた電話をしてくれ。父さんも今からそこに駆けつけるから」

「早く来てね。ぜったいだよ」

ぼくは電話を切ると、孝志に事情を話した。孝志は腕組みしたままそうだなと深く頷くと、

「じゃあおれと芳雄で確認しに行くか。他の三人はここで待っててくれ」

「イヤ」と即座にミチルちゃんが声を震わせた。「こんな寂しいところに三人で残されるなんて。まだあたりに人殺しがうろついてるかもしれないのに。行くのなら、みんな一緒じゃなきゃイヤよ」

そしてクヌギの幹から身を離すと、よろよろと二、三歩足を踏み出した。ここに来る時は気にしていた白いスカートの裾はすっかり黒く汚れている。

「わたしも賛成。そっちのほうがきっと安全よ。それに浜田探偵団はいつも一緒に行動するのが掟なんでしょ」

風で煽られる髪を神経質に撫でつけながら、聡美がきっぱりと云った。俊也も赤

い眼でうんうんと何度も頷いている。

「そうだな。じゃあ一緒に行こう。今こそ浜田探偵団の勇気が試されるときだ」

孝志が俊也の手を取って起こし、聡美がミチルちゃんに肩を貸す。ぼくたちは一団となって再び鬼婆屋敷へと戻った。

正直、英樹はもう駄目だと思う。でももしかすると、わずかに息が残っているかもしれない。心臓が動いているかもしれない。助かる可能性が一パーセントでもあるかもしれない。ならば諦めずに助けなければならない。英樹がぼくたちの身代わりに犠牲になったとしたらなおさらだ。探偵団員として、親友として、やれるだけのことはやらなければならない。

鬼婆屋敷の入り口は開け放しにした扉が風でゆらゆらと揺れている。揺れるたびにぎぃぎぃと鬼婆の含み笑いのような音が響く。孝志は太い腕で扉を摑み音を止めると、「レッツ出動！」と決意の声を上げた。

日が暮れ始めたために室内は薄暗く、ついさっきまでくつろいでいたソファーやイスが、他人の持ち物のごとくひんやりとした鈍いオーラを醸し出している。まるでいま初めて訪れた部屋みたいに。

ここはもはやぼくたちの憩いの場ではないんだ。そんな思いを改めて強く持つ。

襖の陰で鬼婆が牙を剝いていそうな開かずの間の脇を忍び足ですり抜け、息を潜めながら裏庭に出る。深い緑に色づいた雑草が地面を覆いつくし、その真ん中に苔むした石造りの井戸が真っ暗な口を開けている。雨上がりのじめっとした空気。

さっきと同じ光景のはずなのにどこか寒々しい。

先ず孝志が井戸に近づいた。続いてぼく。俊也と聡美は少し後ろで立ち止まって様子を窺っている。最後尾のミチルちゃんは背後が気になるのか、ばたんと扉を閉め、その扉に体を預けもたれ掛かっていた。もしかすると、まだあたりを彷徨いているおそれのある人殺しを遮ろうとしているのかもしれない。

縁に手をかけ井戸を覗くと、英樹は真っ白な顔をしてまだそこにいた。目を開けたまま、口を薄く開いたまま。まったく同じだ。

「芳雄、おれの両足を押さえてくれ」

そうぼくに頼むと、孝志は井戸に身を乗り出した。必死に手を伸ばし水中の英樹の手首を摑む。親指をあてがい、脈を測っている。

十秒後。

「……やっぱりダメだ」

改めて現実を知ったかのように、身を起こした孝志は強ばった顔で首を横に振っ

た。

「死んでるの？」

しくしくと声がする。振り返ると、ミチルちゃんが扉の前でへたり込んで泣いていた。いままで我慢していたのだろう。細く白い手を目許にこすりつけながら声を上げている。いつも「女の子は泣かないものよ」と豪語していた聡美も、つられるように俯いて肩を震わせている。黒い服装と相まって、小さく丸まったその姿は、二年前のおじいさんの葬式で喪服で泣いていた母さんを思い出させた。

「戻ろうか……」

孝志は濡れた右手をズボンで拭くと、重い足取りで井戸から離れた。

「英樹は助け出さないの？」

おそるおそる俊也が訊ねる。

「可哀想だけど、おれたちの力では無理だ。それに捜査のことを考えると、英樹はこのままにしておいたほうがいい。そうだろ芳雄」

事件の現場は保存しておくものだと父さんが云ってた。そう生返事をしたあと、ぼくはミチルちゃんの許に歩み寄った。

「ミチルちゃん立てる？」

「うん」

とミチルちゃんは赤く泣き腫らした瞳を向けた。綺麗な顔がぐしゃぐしゃだ。

「英樹君、本当に死んじゃったの？」

「うん。そうみたい」

視線を少し逸らせてそう答えると、ぼくはミチルちゃんの手を取って起こしてあげた。

「歩ける？」

「うん」

ミチルちゃんの手はひどく冷たかった。でも水中の英樹の手はもっと冷たいに違いない。

気がつくと、ぼくの両目からも熱いものが流れ落ちていた。

英樹……。


とぼとぼと鬼婆屋敷を出て原っぱに戻る。既に恐怖はない。ただ悲しみだけが体を覆っていた。クヌギの木の根元でぼくは再び父さんに電話を掛け、英樹の死を確認したことを報告した。

「悪かったな、芳雄。辛い役目を押しつけて」

父さんのねぎらい声に、ぼくはぎゅっとケータイを握りしめた。

「いいよ。もし英樹が生きてたとしたら、あとでもっともっと後悔するから」

「偉いぞ。それでこそおれの子だ。いま、県道に車を停めたところだ。あと二、三分で着く」

「早く来てね父さん。怖いんだよみんな。堪えられないんだよみんな」

「ああ、わかってる。あと少しの辛抱だ」

電話はそこで切れた。

林の中から父さんが姿を現すまで三分もなかっただろう。でもその三分は異常に長かった。このまま日が暮れて夜の闇に押しつぶされてしまうんじゃないかと思うくらいに長かった。その間みんな無言だった。

父さんの姿が見えたとき、ぼくは思わずその胸に飛び込みそうになった。でも、ここは堪えなきゃならない。辛いのはみんなも同じだ。ぼくひとりが特権を活かしていい目を見るわけにはいかない。

「大丈夫だったか」

大きなごつごつした手で、駆け寄った父さんが優しくぼくの頭をなでてくれた。

いつもと同じ力だったが、今日は痛くない。

気がつくと俊也が羨ましそうにぼくを見ている。ぼくは慌てて父さんの手から離れると、

「男だもん。ちょっと泣いたけど、大丈夫だよ」

「偉いぞ」

父さんはわずかに顔を綻ばし、もう一度褒めてくれた。

「それで、井戸というのはどこにあるんだ」

「あの家の奥にあるんだ。案内するよ」

父さんが一緒なら、もう一度入るのも怖くはない。みんなも同じ想いだったようだ。ぼくたちは三たび鬼婆屋敷へと向かった。

「よくここまで改装したな。みんなお前たちだけでやったんだろ」

本部を見たとき父さんはちょっと驚いたようだった。でもすぐに口許を引き締めると、白い手袋を塡（は）め暗い通路を歩いていった。

裏庭に出て、「あの井戸だよ」と指さす。その時には、もう父さんは井戸の縁まで駆けつけていた。

上着を脱ぎ捨て身を乗り出すと、英樹の頭を浮かせ調べ始める。

「後頭部を打ったようだな。他に外傷はないし、とりあえず英樹君を引き上げよう。孝志君、芳雄と二人でおれの足を支えてくれ」

そう云うと父さんは思いっきり英樹を抱き上げた。バシャという水音とともに、藻にまみれた緑黒い井戸水が、父さんの胸に、そしてぼくたちの手に伝ってきた。ずぶ濡れのスペシャルTシャツに半ズボン。今日学校で見たままの姿で、英樹は井戸から現れた。そのままゆっくりと地面に横たえる。父さんは濡れた白手袋を外すと、井戸の縁に落ちていたえんじ色の帽子を拾い上げ、英樹の頭の脇に静かに置いた。

手を合わせ、静かに拝む。ぼくも慌てて眼を閉じ英樹の亡骸（なきがら）に向かって拝んだ。

英樹は本当に死んでしまったのだ……それもケンカ別れしたままで。

再び涙が頰を伝ってくる。

「……で、芳雄たちが来たとき、裏庭のドアには外から掛け金が掛かっていたんだな」

本署に電話を掛け事情を説明したあと、ぼくのほうを向いて父さんは訊ねた。

「うん。何度か体当たりしてようやく開いたんだ」

「そうか……」

ちょっとの間父さんは顎に手をやり考え込んでいたが、すぐに庭の左隅にある物置へと歩いていった。物置は板を打ちつけただけの掘っ建て小屋で、体当たりすればぼくでも簡単に壊せそうな代物だ。三畳ほどしかない屋内には、使えそうもないガラクタが並んでいるだけ。改装時に邪魔な木材などを放り込んだあとは使うことなく放置したままだった。

入り口の扉を押し開け、父さんは警戒しながら物置の中へ入っていった。が、すぐに出てくると、低い声で呟いた。

「床に厚い埃がびっしり積もっている。足跡とか、人が隠れていた形跡はまったくないな」

父さんが何を云わんとしているのか、しばらく考えてからその意味が分かった。外側から鍵が掛けられていたのなら、ぼくらが井戸に来たとき、犯人は裏庭に潜んでいたはずである。でもこの小さい庭に隠れるところなんてない。ただひとつ物置小屋を除いては。

なのにその物置には肝心の足跡がなかった。

「この塀を越えて逃げたんじゃないのかな」

ぼくが云うと、父さんは三方を囲む高さ二メートルほどの薄いトタン塀を押した

り引いたりしていたが、

「無理だな。ほら、支柱が傷んでいて、ちょっと力を加えただけでこんなに曲がってしまう。乗り越えようとしたらその形跡がはっきり残るはずだ」

たしかに父さんが少し押すだけで、錆びたトタンは大きく変形している。支柱の木もボロボロで今にも折れそうだ。

「じゃあ、どういうことなんです。犯人が裏庭から消えてしまったんですか？」

じっと様子を見つめていた孝志が質問した。

「かもしれないが……もしかすると、最初からいなかったのかもしれないな。英樹君は後頭部を強打して死んでいる。自分で井戸を覗き込んだときに、足を滑らせて落ちてしまったのかもしれない」

「そんな……」

ぼくは思わず声をあげた。今の今までずっと英樹は殺されたものだと信じ込んでいたので、父さんの言葉はすぐには受け入れられなかった。

「でも、落ちたら逆さまになっているんじゃないんですか。英樹は上を向いてましたよ」

孝志も同じ思いなのだろう。納得いかないといった顔つきだ。すると父さんは静

かな口調で、

「井戸のサイズは子供と比べるとけっこう大きい。頭を打った後、くるりと半回転したのかもしれない。ほら、英樹君の髪の毛が濡れて藻が付着しているだろ」

少々長めの英樹の髪の毛は、本来は真っ黒のはずが、絡まった藻や水草のせいで緑の斑模様（まだら）になっている。一度水中に沈んだのは明らかだった。

ふと、どうしてぼくは、ぼくらは、英樹が殺されたと思い込んでしまったのか考えた。秋屋甲斐の話をしたから？　本部の鍵が開いていたから？　いや違う。

答えは青白い顔で小刻みに震えている俊也が口にした。俊也は一歩前に出ると、

「じゃあ、坂道を降りていった英樹は？　ぼくはこの目で英樹を見たんです。その後すぐにここに来たのに、どうして英樹がここで死んでるんですか？」

そうだ。誰も英樹が戻ってきているとは思ってもいなかった。須之内か秋屋甲斐か。ともかく英樹とは別の人間が裏庭に潜んでいると考えていたのだ。だから井戸で英樹の死体を発見したとき、驚き、誰かに殺されたと信じ込んだのだ。

「俊也君」父さんはゆっくりと俊也に振り返ると、「きみが英樹君を目撃したんだな。それからここに来るまでにどのくらいかかったんだい？」

俊也はしばらく考えていたが、

「十五分くらいだと思います。でも、ここまで一本道だし英樹に追い抜かれたってことは絶対にありません」

「しかし英樹君が先に到着したということはありえるだろ。県道からここまで、君が来た道以外にも、細い獣道が何本か通じているかもしれない。英樹君はそれを登ってきて、君より早く屋敷に辿り着いたのかもしれないよ」

「そうですけど……たぶん他に道はないはずです」

「でも、現に英樹君は井戸で死んでいた。君の見間違えでなければ、それしかありえないだろ」

「ぼくは絶対に見間違えていません」

俊也は憮然と云い放った。ただすぐに釈然としない表情に変わる。英樹が後からやって来て裏庭へ抜けるには、本部の横の土間、つまりぼくたちの目の前を通り過ぎなければならない。本部の障子は開けっ放しだったので、誰か通れば気づかないはずがない。でもぼくたちは誰も見なかった。

「事故じゃないわ。きっと、秋屋甲斐が殺したのよ！」

今度は聡美が叫んだ。聡美には珍しいヒステリックな甲高い声。聡美は両の拳を固く握りしめたまま、

「わたしたちに復讐するために、秋屋甲斐が潜んでいたのよ」

「秋屋甲斐？」

父さんが眉を寄せてぼくを見る。どう説明しようか迷ったが、名前が出た以上は仕方がない。猫殺しの件を正直に打ち明けた。ただし証拠の鈴をでっち上げたところだけは伏せておいた。刑事の息子が不正行為に荷担したとなれば、さすがに叱られるだけではすまないだろうし、そのせいで秋屋甲斐が逮捕されなくなるかもしれないからだ。

「猫殺しの犯人か。たしか担当のやつが、ようやく被疑者を絞り込めそうだと喜んでいたな。大学生だと話していたから、そいつのことかもしれない。しかしもしそんな状況なら誰かが尾行をしているはずだ。後で確かめておくけど、とにかくその秋屋という男にしても、この塀は乗り越えられなかっただろう」

太い声で父さんはきっぱりと断言する。大人であり刑事でもある父さんの言葉は説得力と威圧感を持っていて、誰も正面切って反論できなかった。

まだ不満そうなぼくの表情を見たのか、父さんは、

「まだ事故と確定したわけじゃない。これから鑑識課が来て詳しい調査をするから、それでどちらかはっきりするだろう。ただくれぐれも注意しておくけど、警察

が発表するまでは間違っても殺されたとかよそで口外してはだめだぞ。英樹君のご家族に、よけいな苦痛を与えるだけだ。わかったねみんな」

ぼくたちは渋々頷いた。英樹が死んでただでさえ嘆き悲しむだろう両親が、殺人の噂を耳にすれば狂ってしまうかもしれない。

「じゃあ、さっきの部屋できみたちから詳しい話を聞こうか。落ち着いて順序よく話すんだよ」

父さんはぼくの背中を押し裏口へ誘った。

……でも父さんがどう云おうと、ぼくは英樹は殺されたと思う。バランスを崩して落ちるなんて、いくら運動神経が鈍くても、あの英樹がそんな迂闊な目に遭うはずがない。キャンプの夜、二人で山道を彷徨(さまよ)い続けた末に生還した、あの戦友の英樹が。英樹はぼくよりずっとしっかりしていて、終始ぼくを励ましてくれていたのだ。

重苦しい夕闇に覆われた亡骸を見つめながら、ぼくはあの夜の思い出を新たに甦らせていた。

英樹

雲ひとつない青空。乾いた空気。容赦なく照りつける太陽。あまりの眩しさに目を細めタクシーを降りる。目の前には『岩渕歯科』の看板。今日はライトが消され、代わりに造り物の白い花輪が並んでいる。その前を、七月だというのにみんな真冬のような寒々しい顔をして通りすぎていく。奥のガレージには真新しい白木の祭壇が組み立てられていて、蓮の花や金ピカの金具などが派手派手しくあしらわれていた。小さなユートピア。ぷんと線香の匂い。電気製の大きなロウソクが二本、中央で橙色に灯り、それに挟まれるように英樹の遺影がぼうっと浮かび上っている。

黒く縁取られた額の中で、英樹は正面を向き、白い歯を見せて無邪気に笑ってい

る。カメラは意識していなかったのか、視線は少し右にずれていた。帽子は被っていたけど、ゴールデンイーグルスではなかったので、多分去年に撮影されたものだろう。英樹が被りだしたのは今年に入ってからだ。

その日ぼくは黒い服を着せられて、英樹に最後の別れを告げに行った。

体育倉庫の裏で〝天宮の誓い〟を解消すると、英樹は宣言した。でもぼくの中では、〝天宮の誓い〟はまだ継続している。ぼくと英樹は親友だ。これからもずっと。だから……。

「なあ、孝志。いまからお前の家に寄っていいか。相談したいことがあるんだ」

葬儀の翌日、孝志に電話を掛けた。少し間があって、ああ、と孝志の返事が聞こえてきた。ぼくが何を相談したいのか、わかっているのだろう。そんな口振りだった。

英樹は事故死ということになった。

あのあと警察の人が大勢やって来て裏庭を調べていた。でもいくら調べても、物置小屋から犯人が隠れていた痕跡は発見されなかった。裏庭の地面にも、雨でぬかるんでいたものの雑草が茂っていたので、はっきりとわかる足跡は残っていなかっ

た。

そのため、掛け金が外から掛かっていて裏庭に他に隠れるところがない以上、英樹がひとりで裏庭に出て掛け金を外側から掛けたあと井戸に落ちたという結論になった。後頭部の打撲が死因で、頭だけ水面から出ていたせいか、水は飲んでいなかったという。

鬼婆屋敷自体も綿密に調べられたが、絨毯やソファーはもともとが拾いものなので、ぼくたち以外の人の痕跡が山ほどあったらしい。また英樹のケータイの通信履歴も調べられたけど、特に怪しい人物と電話やメールのやりとりをしたという形跡もなかった。誰かに呼び出されたり、誰かを呼び出したりしたわけではないようだ。

父さんは忙しくて直接訊けなかったけど、母さんがそう話してくれたので、世間的にはそれで決まりなのだろう。英樹は誤って転落して死んでしまったのだと。

でもぼくは納得していない。全然納得していない。英樹は殺されたのだ。

今朝も母さんに訴えたけど、母さんは難しい顔で睨むだけで、まともにとりあってくれない。

「英樹君は事故で死んだのよ。殺されたなんて物騒なことを云いふらすんじゃない

の」

　逆に叱られる始末。

　英樹の両親も警察の判断を信用しているらしく、このままでは英樹は事故死で終わってしまう。そして英樹を殺した犯人はのうのうと生きながらえるのだ。

　許せなかった。絶対に許せなかった。

　英樹に探偵団の秘密を正直に打ち明けなかったのは、今でも正しかったと信じている。でもケンカ別れしたままで、仲直りをする暇もなく、英樹は天国に行ってしまった。あっけなく行ってしまった。

　残されたぼくにできることは、犯人を暴いて英樹の仇を討つことだけだ。


　孝志の家は農家で、広い敷地に鶏小屋や精米小屋などいくつも建っている。その一番奥、庭の片隅に今は使われていない古い土蔵があり、土蔵の二階は畳が敷かれた座敷になっていた。本部を発見するまではそこによく集まって遊んでいたものだ。もし俊也が鬼婆屋敷の番号錠を開けなければ、孝志はここを本部にして探偵団を結成していたかもしれない。

　孝志の家を訪れ、久しぶりに蔵に入る。二階には既にミチルちゃんと聡美が待っ

ていた。「俊也は？」と訊ねると、親の監視の目が厳しく抜けられないらしい。俊也自身も事件以来ひきこもって、極力表に出たがらないという。

「なあ、孝志。英樹って本当に事故だったと思うか」

夏だというのにひんやりとした畳に腰を下ろすや否や、ぼくは訊ねてみた。すると孝志はひと呼吸おいたのち、

「……違うと思うな」

低い声でぽつりと答えた。

「そうだろ。やっぱり孝志もそう考えてたのか。ぼくも英樹は殺されたと思うんだ」

「わたしもそう思うけど……」

いつもとは逆に、聡美がなんだか煮え切らない態度を示した。

「でも、」とはねた髪をなでつけながら聡美は続ける。「確証がないのよ。何となくそう思うだけで。それとも芳雄は何か証拠を握っているの？」

「証拠は俊也の証言だよ。あの時も云ってたじゃないか。英樹がぼくたちより先に本部に行けたはずがない」

県道から鬼婆屋敷に向かう別の山道が捜索されたが、結局有力なルートは発見さ

れなかった。そのため警察では、後ろ姿だけだったこともあり、俊也の証言を単なる見間違いと判断しているようだった。子供だからと軽く扱われているのだ。

でも大人はともかく、子供、特にダビレンジャー好きの子供が、スペシャルTシャツを見間違えるわけがない。それも当日に学校でずっと見せびらかされていたものを。

今朝、番組の最後にスペシャルTシャツの当選者の発表があった。そこに『岩渕英樹』の名前が載っていた。そして残りの四人の当選者は、東京や熊本といった遠方の人間ばかりだった。つまりこの近くでスペシャルTシャツを着ていた人間がいるとしたら、英樹以外にありえないのだ。

「考えてみたんだ。俊也が鬼婆屋敷に着いたとき、英樹はまだ裏庭にはいなかった。ぼくたちが本部に入ったあとか、あるいはその前、孝志たちが玄関の前で座っている間に、戻ってきた英樹と犯人が外から裏庭に忍びこみ、そこで犯人が英樹を殺したんじゃないかって」

「でも、それは警察も調べたんじゃないの？　芳雄のお父さんも云ってたじゃない。塀を乗り越えることはできないって」

コップにペットボトルの冷たいお茶を注いだあと、聡美が反論した。

「それはそうだけど……」

あのぐにゃりと曲がったトタン塀を見れば、乗り越えるのがかなり困難なことはわかる。高さも二メートルはあるので、ジャンプで飛び越えるのは大人でも無理だろう。

「物干し竿で棒高跳びをしたのかもしれないよ」

だが孝志は静かに首を横に振ると、

「それは無理だ。竿はボロボロだったのを忘れたのか。それに大人でも難しいのに、英樹の運動神経ではさらに不可能だ。そもそも裏庭に入ってくるときはともかく、出ていくときはどうするんだ。いくら雑草に覆われていたからって、さすがにえぐれた跡が残るはずだろ。竿が塀のそばに落ちているはずだろ。もしそんなものがあったら警察がとっくに見つけているよ。それに裏口のドアは内側の掛け金が外れていたんだ。火曜日におれが確認したはずなのに。つまり英樹は塀の外からじゃなく、ドアの内側から掛け金を外して裏庭に入ったんだ」

そう一気に云って、お茶で喉を湿らせた。鉄格子がはまった窓から差し込む光が、孝志のコップでキラッと反射する。

「それにな、もしかすると本当に俊也の見間違えだったかもしれないんだ。銀色の

Tシャツは売ってなくても、ブラックダビのTシャツは普通に売っている。太陽の光の加減で黒が偶々銀色に見えただけかもしれない。遠くからだと、背中にタルムード司令が加わっているかどうかなんてわからないだろ」

「それじゃあゴールデンイーグルスの帽子は？」

「昨日、英樹の葬式の帰りに親と駅前で外食したんだけど、ほんの一時間半の間に駅前の商店街で被っているやつを二人も見たよ。だからゴールデンイーグルスの帽子は、そこまで珍しくはないんだ」

「じゃあ、俊也の証言はとりあえずおいておくとしても、カバンのことはどうなんだよ。英樹のカバンが鬼婆屋敷の前に落ちていた。ひとりで裏庭に入ったのなら、カバンも一緒に持っていくはずだろ」

「誰かと一緒に入ったとしても、中に持って入るんじゃないの？」

横から聡美が口を挟んだ。ぼくは聡美のほうに顔を向けると、

「そうだよ。でもカバンを表に置く状況が一つだけあると思うんだ。それは中に人がいたときだよ。たぶん英樹はひとりで家の中を覗こうとしたんじゃないかな。中に人の気配を感じて。あの家は窓が全部塞がれているから、入り口からしか中の様子を窺えない。一旦カバンを置き、玄関の戸を少し開けて覗いてみたんだよ。そこ

を犯人に見つかって中に引きずり込まれた」

「……まあ、そうかもしれないけど」孝志はゆっくりと腕組みをすると、「でもそれだとさっきの俊也の証言と矛盾してないか？　それに番号錠を外すときカバンを足許に置いて、そのまま置き忘れただけとも考えられる。どちらにしろ、掛け金の掛かった裏庭から犯人が抜け出す方法がない」

「それを探偵団で考えるんじゃないか。なんだよ。ぼくだけじゃ思いつかなかったから、みんなで知恵を持ち寄ればわかるんじゃないかと思って、こうやって集まってもらったのに」

ぼくは声を嗄らして訴えた。でも孝志の反応は地蔵のように鈍く、

「でもなぁ」

としかめっ面で気のない返事をするだけ。ここまで説明したというのに……。

「なあ、正直に云ってくれよ。孝志たちはこの事件に関わりたくないのか。怖いのか。英樹がどうなってもいいのか。殺されたのかもしれないのに、このまま事故死でした、で済まされていいのか」

「芳雄の気持ちは痛いほどわかるよ。親友だったんだから」

「どうしてそんなに煮えきらないんだよ。親に探偵団は解散しろとでも命令された

のか？」

ぼくは殴ってやりたい衝動に駆られた。たとえ一発もクリーンヒットできず、本気になった孝志に逆にボコられたとしても。同時にこれが親友の英樹と仲違いしてまでも守り通した探偵団なのかと思うと、哀しくなった。

「たしかに云われたよ。でもおれに解散する気はないし、別に親に云われたから、消極的なわけじゃないんだ」

孝志は微動だにしない。鋭い目でぼくを見返すと、

「おれたちには出来ることと出来ないことがある。猫殺しならまだ捕まえようと思えたさ。ハイジの仇を討つためにさ。でもな、今度の相手は殺人犯なんだ。猫じゃなく、人の命を何とも思っていないやつなんだ。たとえ英樹の仇だとしても、そんなやつを相手にメンバーを危険な目に遭わせるわけにはいかない。悲しいけどおれたちは子供なんだ。これはリーダーとしての判断だ」

「何がリーダーだ！」

我慢ならず思わず腰を浮かしかけたとき、

「わたしが手伝う」

突然、ミチルちゃんが大きな声を上げた。

「ミチル」

聡美が驚いた表情でミチルちゃんを見ている。

「正気なの？　とても危ないのよ」

「英樹君はお友達だったし、仇を討ってあげたいの。それに芳雄君にはハイジのことでお世話になったし、いつかお返ししなきゃと思ってたの」

ミチルちゃんは意を決したように顔を上げると、か細いがはっきりと芯が通った声で答えた。でも、やっぱり怖さはあるのだろう。小さく肩を震わせている。

「ありがとうミチルちゃん」

ぼくは思わずミチルちゃんの手を取った。全くの無意識だった。

「いたっ」

その悲鳴で初めて自分の行動に気づき、慌てて手を放す。

「ごめん」恥ずかしさで顔が火照(ほて)ってくる。

「いいよ。なんともないから」

首を少し傾げ、にこっと笑うミチルちゃん。

「でも、どうするのよ？　芳雄たちでやれることなんてあると思うの？」

体じゅうに突き刺さりそうな棘(とげ)のある言葉で聡美が訊ねてきた。

「それは……」

言葉に詰まった。ほれ見たことか、と聡美が冷たい視線で無言のプレッシャーを与えてくる。ミチルちゃんがぼくに加勢したことが、聡美の機嫌を損ねたようだ。

ここで云い負かされたら元の木阿弥だ。せっかくミチルちゃんが加勢してくれたというのに。

「もう一度、鬼婆屋敷に行ってみようと思ってる。ぼくの考えが間違っていなければ、英樹は何かを見たはずなんだ。それを確かめてくる」

「無茶だ。大人に見つかったらどうするんだ。それこそ俊也のように家から出してもらえなくなるぞ」

まるで先生のような口ぶりで、孝志は咎めた。

事件のあと、父さんも母さんも探偵団のことには触れず、優しくしてくれた。英樹の死があったせいだろう。でも再び鬼婆屋敷に入ったところを見つかったなら、こっぴどく叱られるのは目に見えている。探偵団も無理矢理に解散させられるかもしれない。

でも、それしか方法がない気がした。

英樹が何を見たのか。それさえわかれば。

「あんたはいいけど、ミチルが可哀想でしょ。それに事故ということで安心して、犯人が舞い戻ってきているかもしれないのに」

ミチルちゃんの両肩をぎゅっと摑み、親の仇のような表情で聡美がこちらを睨んでいる。するとミチルちゃんは聡美の手をやんわり振りほどくと、

「いいの。ちょっと恐いけどわたしは大丈夫だから。わたしも鬼婆屋敷に行くよ。芳雄君と同じように英樹君の仇を討ちたいの」

顔を近づけ、ぼくの目を見つめながら、きっぱりと口にした。濁りのない澄んだミチルちゃんの瞳。思わず吸い込まれそうなその瞳を見ていると、心の奥底でくすぶっていた弱気の虫が粉々になり吹き飛んでいくのがわかった。ミチルちゃんと一緒なら何か発見できるかもしれない。そんな自信がわいてきた。

「ありがとう、ミチルちゃん」

そしてぼくは二人をギッと睨みつけ、力強く立ち上った。

「行くよ、ぼくは。ぼくは。ぼくたちは」

＊

土の湿り気を帯びた風が、森の中を駆け抜けていく。事件の日とは違い、空は晴

れ渡り日はまだ高い。この前みたいにすぐに夕暮れになることもなく、鬼婆屋敷の中を探し回る時間はたっぷりある。鬼婆は昼間寝ているから……鍵を開けたとき俊也が云った言葉が思い出された。別に信じているわけじゃないけど、勇気の足しにはなった。

「ミチルちゃん、ほんとうにいいの？　ぼくひとりで行ってもいいんだよ」

ロスバの前でぼくは改めてミチルちゃんに訊ねてみた。孝志や聡美が心配したように、やっぱり危険ではあったからだ。もし何かあった場合、命を懸けてでもミチルちゃんを守るつもりだけれど、ぼくの力なんてたかがしれている。ぼくのせいでミチルちゃんが危ない目にあったら……。それが一番の心配だった。

でもミチルちゃんは、色白の顔でにこっと笑うと、

「一緒のほうが心強いでしょ。二人いたら大丈夫よ、きっと」

勇気百倍だ。いまなら英樹の仇も討てそうな気がする。

原っぱに出ると、鬼婆屋敷の周囲には『立入禁止』と書かれた黄色いテープが貼り巡らされていた。でもラッキーなことに警官の姿は見あたらない。もし見つかったら、本部に置き忘れた図鑑が必要だからとりに来たといいわけするつもりだった。

「ミチルちゃん、行くよ」

テープをくぐり抜けて忍び足で屋敷の中に入ってみる。

相変わらず薄暗い。警察が隅々までひっくり返したのだろう。ソファーやテーブルの配置も大きく変わっている。持ちこんだマンガやCDラジカセはまだ残っていたけど、もはや事件直後に感じた以上に、ぼくたちの本部とは別物になっていた。ここはかつてぼくたちが恐れていた、昔の鬼婆屋敷だ。

さよなら懐かしい日々……。

胸にこみ上げてくるものを何とか抑えながら、ぼくは家財の中で新たに加わっているもの、なくなっているものがないか目を皿にして探してみた。もし誰か他のやつが出入りしていたとしたら、必ず痕跡が残っているはずだからだ。でも、全部はっきりと覚えているわけではないが、目新しいもの、見あたらないものはないように思えた。

英樹は何を見たのだろう?

たとえば相手が秋屋甲斐だったなら、猫殺しの現場を目撃したのかもしれない。でも猫を殺していたのなら、もっと痕跡が残っているはずだ。飛び散る血や猫の毛だけじゃなく、生臭い臭いなんかも。今はともかく、三日前もそんな臭いはしなかった。ぼくの鼻はそれがわからないほど悪くはないはずだ。

じゃあ、俊也が怯えていたように、ぼくたちに復讐するために待ち伏せしていたとしたら？

それならなにも事故に見せかける必要はないはずだ。殺人だとわかったほうがぼくたちへの脅しとしては効果があるだろうし、事故にしろ殺人にしろ、ぼくらの証言で秋屋甲斐はマークされるはずなのだから、隠したって意味がない。そもそもあの時、裏庭のドアに立ちふさがって一気に殺すことだってできただろう。秋屋は大人でぼくらは小学生。その上ここはいくら叫んでも声が届かない山奥。復讐する気だったなら、こんなチャンスを逃すはずはない。

「やっぱり、秋屋甲斐は犯人じゃないのかな」

敷居の縁に浅く腰を掛け、ぼくが呟くと、

「わたしもそう思う」ミチルちゃんはちょこんとぼくの隣に座った。「秋屋甲斐なら、ハイジにしたように自分の名前を残したと思うの」

「猫の続きを英樹でかい？」

たしかにそうかも。猫の続きを人間でやる。ぼくには想像もつかないけど、猫にあんな殺し方をするくらいのやつなら、猫と子供の差なんて大してないのかもしれない。

「ミチルちゃんは英樹が何を見たと思う?」

ミチルちゃんは首を傾げて、うーんとしばらく考えたあと、

「殺人犯が隠れていたとかはないかな。たしか芳雄君のお父さん、小出町で起こった殺人事件を追いかけてるんでしょ。ここは山奥で隠れるのにはちょうどいい気がする。鬼婆屋敷なんて誰も近づかないし」

「でもどうかな。部屋の中を見れば、今も人が使っているのはすぐわかると思うよ。そんなところ隠れ家にならないんじゃないかな」

「そうかあ。じゃあ、須之内さんかも」

無邪気に怖いことを云う。でもいくら須之内でもさすがに英樹を殺したりはしないだろう。むしろ、おれに協力しろ、と英樹を脅すはずだ。

やっぱり番号錠を外すときに置き忘れたのか……来たばかりだというのに、弱気の虫がうずき出す。

——どちらにしろ、掛け金の掛かった裏庭から犯人が抜け出す方法がない。

さっきの孝志の言葉が甦ってきた。

「ミチルちゃん、ぼくは裏庭を見てくるよ。ちょっと試したいことがあるから」

立ち上がると、「わたしも行く」とミチルちゃんも腰を上げた。

裏庭も本部同様に他人行儀にぼくたちを迎える。大勢が出入りしたせいで、庭の雑草は踏み固められ、児童公園の芝生のようになっていた。

ぼくは裏庭を横切ると、真っ先に物置小屋を覗いてみた。さっきミチルちゃんと県道を上っていたとき、ひとつ仮説を思いついた。それを確認するためだ。

父さんは物置小屋には人が隠れていた跡がなかったと説明した。でももしかすると、痕跡を残さずに隠れることが可能かもしれない。

「ミチルちゃん、ちょっと表で待ってて。怪しいやつが来たと思ったら、思いっきり声を上げるんだよ」

ミチルちゃんがうんと頷いたのを確認して、ぼくはひとりで物置小屋に入った。

物置の中は狭くて薄暗く、おまけに埃っぽい。警察が積もり積もった埃をかき回すだけかき回して、それがまだ落ち着いていない印象だ。仕方なくハンカチで口許を覆い、ポケットからペンライトを取りだした。

薄く照らし出された床は、無数の足跡で覆われている。三日前の泥がようやく乾いたといった感じ。わかっていたことだけど、今さら足跡を調べようとしても全く無意味だ。

仕方なく、ぐるりとライトを一周させてみる。半年前に見たきりなので、細かい

様子はほとんど忘れていた。小屋の向かって右側には手作りの粗末な棚が据えつけられており、オケやザルなどが載せられている。その隣にはぼくたちが放り込んだ廃材が散乱しており、一番奥にはスキやクワが数本立てかけられていた。どれもみな錆びついている。その脇には空のドンゴロスが無造作に重ねられていて、どうやら表の原っぱは、かつては鬼婆夫婦の畑だったらしい。

とにかく埃っぽく、長くいると喘息になりそうなので、急いでさっき思いついたことを実践してみる。床に足跡を残さず物置小屋に潜むためには、扉のすぐ裏に四本足の踏み台を置けばいいんじゃないか？　それがぼくが推理したトリックだった。そうすれば床には小さな四つの点しか残らず、よほど細かく調べないかぎりは見つからないだろう。

ぼくは開かずの間に戻って手頃な踏み台を持ってくると、小屋の戸口に乗せようとした。

「どう？」とミチルちゃんが訊ねてくる。

「だめだ」

ぼくの頭の中の構想は、扉を開け台を置こうとした瞬間にあっけなく崩れ去った。小屋の扉は内開きで、しかも取っ手の側はすぐ壁になっている。扉と壁の間

に、踏み台を置くスペースは少しもなかったのだ。つまり小屋の中に台を置くには、一旦中に入って扉を閉じなければならない。さすがにそんな芸当を足跡をつけずにはできそうにない。

不思議そうな顔をしているミチルちゃんに、ぼくの推理と挫折を説明すると、

「じゃあ、やっぱり犯人は物置に隠れてなかったの」

視線を落として、しょんぼり顔。

「そうみたい。ごめん」

やっぱりぼくじゃダメなのかな。踏み台を片手に、ぼくは途方に暮れた。抜けるような青空、なんにもない青空が、さらにぼくを小さく感じさせる。

その時だった。ふと裏庭がいつもと違うような気がした。他人行儀とかじゃなくて、明らかにこの前と配置が違うような……。

ぼくはぐるりと裏庭を見渡した。トタン塀に物干し台、古井戸……原因はすぐにわかった。井戸の蓋だ。

あの日ぼくたちが裏庭に入ったとき、大だらいのような井戸の蓋は底を上にして地面に伏せてあった。それが同じ場所にあるのだけれど、今は逆に底が地面についたかたちで置いてある。さながら普通のたらいのように。

「ねえ、ミチルちゃん。あの蓋ってこの前は俯せになっていたよね」

「どうだったかな？　わからない」

ミチルちゃんは自信なさげに細い首を捻る。仕方ないことだ。事件の時、ミチルちゃんは戸口で秋屋の存在に怯えていたのだ。

でもぼくのほうは井戸の縁まで何度も行ったから、ちゃんと覚えている。蓋はずっと下を向いていた。もちろん単に警察が上に向けただけだろうけど、それが無性に引っ掛かった。

たらいは下を向けると箱になる。つまり中に人が隠れられるかもしれない！

ぼくは慌てて駆け寄り蓋を裏返すと、中に潜ってみた。

充分に収まる。

「犯人はそこに隠れてたの？」

ぼくの意図を察したのだろう、ミチルちゃんが軽くスカートを押さえながら、おそるおそる近寄ってきた。蓋には縦に細い隙間があり、外の様子はかろうじて知ることができる。

「ねえ、ミチルちゃん。ぼくの姿は見える？」

訊ねてみると、

「ううん」と頭上から声が返ってきた。「全然わからないよ」

ミチルちゃんはその場にしゃがみこむと、蓋の隙間まで顔を近づけてくる。

「ここまで来るとわかるね」

目の前でにっこりとわらうミチルちゃん。今、二人の間は五センチもないだろう。蓋で遮られていなければ決して近づけなかった距離。でもはっきりとミチルちゃんの顔は見える。何だか顔が火照ってきて、ぼくはついぎこちない笑みを浮かべた。

「じゃあ、わたしたちが英樹君を発見したときには、犯人はここに隠れていたの」

あの日は今より遥かに薄暗かった。外からは全く見えないはずだ。

「うん、きっとそうだ」

ぼくが答えると、とたんにミチルちゃんの顔が凍りつく。無理もない、人殺しがすぐ近くにいたのだ。英樹を殺した犯人が足許で息を潜めていたのだ。もし誰かが蓋に気づいたなら、みんなが井戸に集まって来たとき蓋が邪魔だからと除けようとしたなら、犯人に襲いかかられていたかもしれないのだ。

「運が良かったのね。わたしたち」

ぼくは蓋から出ると、ミチルちゃんに近づいた。

ミチルちゃんの声が震えている。躰が震えている。唇が震えている。瞳が震えて

いる。

「大丈夫だよ」

ぼくはミチルちゃんの小さな手をぎゅっと握りしめた。冷たいが柔らかい手だった。

「大丈夫だよ。ミチルちゃん」

もう一度、優しく云った。

十分後、ぼくはミチルちゃんの手を曳きながら、屋敷を出た。英樹が何を見たのかは、結局発見できなかった。でも極度に怯えるミチルちゃんを、このまま鬼婆屋敷に置いておくわけにはいかない。

怖いのだろう。ミチルちゃんもぎゅっと握り返してくれる。

でも……。帰り道、ぼくの頭の中には一つの考えが巡っていた。とても嫌な考えが。井戸の蓋はぼくなら余裕で、巨体の孝志でもなんとか隠れられるサイズだった。でも、どうしたって秋屋甲斐のような大人は入れそうにない。

英樹を殺したのは秋屋とかではなく、子供なのだろうか？　もしかすると同じ小学校の誰か……。やっぱり須之内？

ぼくはミチルちゃんの手を握りながら、とぼとぼと県道を下っていた。

天誅

七月二十日、火曜日。終業式。

明日から夏休みだ。本来ならば待ちに待った、はずなのだが、当然ながら陽気にはなれない。式自体も重苦しい雰囲気に包まれていた。

今のところ英樹は事故死になっているので、校長先生が「危険なところには絶対に行かないように」といつも以上に時間を費やして壇上から語っていた。その長さに不満を漏らす者も今日はいない。教室で通信簿をもらったあとも、沢田先生から再び「危険な……」と口を酸っぱくして注意された。

気の抜けたコーラのような学級会が終わると、ぼくは階段の踊り場で鈴木君をつかまえた。

「ねえ、鈴木君。英樹は事故じゃなく殺されたんだよね」

神様こと鈴木君がどう思っているのか、それが知りたかった。ぼくたちと同じ小学生が犯人。あれからずっと他の可能性を考えていた。でもいくら頭をひねっても、全く何も思い浮かばなかった。ぼくの推理が正しいならば、犯人は子供ということになる。須之内か、あるいはクラスメイトなのかもしれない。終業式で神妙な顔をしていた中にひとりほくそ笑む犯人がいたのかもしれない。できれば考えたくないことだった。

　でもそうでなければ、今度は裏庭に人が隠れる場所なんかなく、英樹は事故死ということになる。

　どちらもイヤだ。どん詰まり。

「そうだよ」

　返事は呆気（あっけ）なく返ってきた。白シャツに黒いランドセルを背負った鈴木君は、相変わらずの無表情でぼくを見ている。

「英樹は井戸に突き落とされたの？」

「違うよ」

　きっぱりと鈴木君は断言する。まるで見てきたかのように。

「岩渕君は他の場所で殺されたあと、事故死に見せかけるために井戸に投げ込まれたんだよ」

どうして知っているのか訊きたかったが、こんな状況でも鈴木君は神様ぶって、決して素直には教えてくれないだろう。

「英樹は誰に殺されたの？　同じ小学生？」

思い切ってストレートに訊ねてみた。猫殺しの件から感じていたことだが、鈴木君は見かけによらず、ものすごく頭がいいんじゃないだろうか。秋屋甲斐の時も、猫のポーズから自分が推理したと云わずに、神様だから知っていたと称していただけなのでは。

だとすると英樹の件についても、ぼくの頭では何が何だか藪(やぶ)の中だが、鈴木君は推理して何か摑んでいるのかもしれない。なにせ英樹が殺されたと、あっけなく断言したほどだ。

「それを聞いてどうするの？　ぼくから聞いたと警察に届けるのかい」

鈴木君は逆に聞き返してきた。はぐらかし。やっぱり鈴木君でも無理なのか。ちょっとがっかりした。でも父さんを含め大人の警察官ですら、事故と判断したほどの難事件だ。解けなくて当たり前。ぼくは鈴木君に何を期待していたのだろう。

「いや。そんなことしないよ。ただちょっと……」

落胆を隠さない声でぼくは云った。すると鈴木君は、

「犯人はきみが思っているように子供だよ」

「うそ！」

まじまじと鈴木君の眼を見る。冬の月のように薄く輝く瞳。でも自信にあふれていた。なぜ鈴木君はそこまで断言できるのだろうか。ぼくにはある疑問が生じていた。昨日、ちらっとだが頭を過ぎった疑惑が。

「おい、芳雄。話があるんだ」

そのとき階段の下から、孝志が呼びかけた。

ちょっと待って、と云ったものの、長話はできなさそうだ。でもこのチャンスを逃したら、夏休みはずっと逢えない気がする。

「ねえ。この前、猫殺しの犯人に天誅を下してくれるといったよね。もしかして……」

もし猫殺しの犯人が秋屋じゃなくて英樹だったとしたら。そして〝神様〟として鈴木君が天誅を下したとしたら。鈴木君なら当然井戸の蓋に潜り込める。

「まだ下してないよ。岩渕君は犯人じゃないよ」

だが鈴木君はあっさりと否定した。

「きみに教えただろ。犯人は秋屋甲斐だって」

「そうだよね……」

あまりに馬鹿馬鹿しい考えで、真面目に信じたわけではないけれど、こうもあっけなく否定されると、恥ずかしくてかなり落ち込む。さすがにゲームの延長で人を殺すなんて、ありえない。

「ごめん、疑って」

「別にいいよ。人間は疑うようにできているんだ。疑うことを知らない者は欠陥品だ。でもぼくは欠陥品を作らないからね。だから程度の差こそあれ、疑いを持たない人間などいないんだ。だから謝ることはないよ。……それできみは秋屋甲斐にいますぐ天誅を下して欲しいのかい？」

あくまで神様ゲームを押し通す気だ。英樹が殺されたというのに。

もしかして鈴木君は一生この調子で生きていくのだろうか。たとえ好きな子ができてその子が死んでも、お母さんや兄弟が死んでも、自分は神様だと、すべて知っていたと、落ち着き払っているのだろうか。なぜだか悔しい思いが胸にこみ上げてきた。

「あれを英樹を殺した犯人に変更することはできるかい？」

ぼくはヤケになってそう口にすると、

「いいよ」鈴木君はあっさりと了承する。

「きみにとっては、猫より岩渕君のほうが重要だろうからね。ぼくが天誅を下してあげるよ。きみといろいろ話せて楽しかったから。そのお礼だよ」

みんな神様に願いごとをし、叶えばお礼をする。神様からお礼を貰うなんてぼくだけだろう。そもそもみんなここに神様がいるなんて知らないんだから。

神様なんかに関わらなきゃよかった。心の中でひとつ溜息をつく。

「ありがとう、鈴木君」

ぼくは鈴木君に別れを告げると、階段を駆け下りていった。

＊

「鈴木と何を喋ってたんだ？」

階段を降りるとさっそく孝志が訊ねてきた。鈴木君と仲良く喋ってるなんて、カメレオンと会話できる人くらいに珍しい光景なんだろう。

「いや、先週の掃除の時、ちょっと仲良くなったから」

ぼくは曖昧に言葉を濁した。正直に話しても仕方がない。それに秋からはもう鈴木君と親しくなることはないだろうし。

神様ゲームはこれで終わりだ。ゲームオーバー。ぼくは鈴木君の感性についていけない。

「で、なんだよ孝志」

一昨日のことを思い出し、ぼくはつっけんどんに応対した。すると孝志は潔く短髪の頭を下げると、

「一昨日は悪かった。芳雄がそこまで本気だったとは思ってもみなかったんだ。それで今日、うちの蔵で臨時集会を開こうと思ってな」

「ホント？」意外な言葉に顔がほころぶ。「どういう心境の変化なんだ？」

「いや。真剣なお前を見て、おれもやらなきゃと考え直したんだ。探偵団のことでは正直英樹を鬱陶しく思ってたよ。でも、それ以外ではあいつはいいやつだった。芳雄みたいに親友じゃなかったけど、いい友達だった。そんなやつを見殺しにはできないと気づいたんだ」

孝志の大きな顔は固い決意に溢れていた。言葉に嘘はないようだ。孝志はそんな嘘はつかない。

「実際、芳雄の言葉で目が覚めたよ。リーダーに託けて、単に臆病だっただけなのかもしれない。許してくれるか、芳雄」

孝志が右手を差し出す。ぼくはその手を両手で握り返すと、

「でも大丈夫なのか。リーダーとしてメンバーを危険な目に遭わせるわけにはいかないんじゃなかったのか」

「それを云ってくれるな」と、さばさばした顔で孝志は苦笑いする。「子供だけじゃ危ないとは今でも思っているさ。だから援軍を頼んだんだ」

「援軍？」

「光一さんだよ。聡美の従兄の。それで光一さんに頼んでみたら、喜んで協力してくれるって。事情を話すと、光一さんもおかしいと云ってくれたんだ。それで浜田探偵団の顧問になってくれるって。まだ全員の了承をとっていないから決定ではないけど、芳雄は賛成してくれるよな」

「光一さんか……」

鈴木君とは別に光一さんという賢い人がいたことを思い出した。暗澹たるぼくの心に、一条の光が射し込む。鈴木君は神様ゲームですぐにはぐらかすけど、光一さんは優しく協力してくれる。それに小学生なら信用してくれない話でも、中学生の

光一さんの言葉なら大人も信じてくれるかもしれない。ハイジの時のように。

「わかった。ぼくも光一さんが顧問になってくれるのは賛成だよ。英樹の弔い合戦ができるなら、何だって賛成するよ」

「そうこなくちゃな」孝志はようやく笑顔を浮かべると、「聡美にはもう了承を取りつけているんだ。あとは俊也とミチルだが、あいつらもきっと賛成してくれるだろう」

下駄箱で靴を履き替え校舎を出る。校門でしばらく待っていると、校舎からミチルちゃんと聡美が連れだって出てくるのが見えた。いつもの白と黒のコントラスト。

「おい、聡美。話があるんだ。早く来いよ」

孝志が隣の中学校まで聞こえそうな大声で呼びかける。

「うるさいわね。そんな大声出さなくても聞こえてるわよ。全く恥ずかしいんだから」

そう返す聡美の声もかなり大きい。中学までとは行かなくても、道向かいの文具店までは聞こえそうだ。夫婦（めおと）漫才のような二人のやりとりを、ミチルちゃんは手を口に当て隣でくすくす笑っている。

その時だった。

ゴキ、と頭上から鈍重な音が響いてきた。思わず見上げると、校舎の天辺にある大時計の長針が、最初は五分を指していたのに糸が切れたようにスルルと真下の三十分のところまで滑っていく。あっと思う間もなく、巨大な時計の針はそのまま軸を外れて真下に落下した。大時計の下には……。

「ミチルちゃん！」

ぼくが声を上げると同時に、尖った鉄針は勢いよく落下し、真下のミチルちゃんを串刺しにした。

ほとばしる鮮血。

きゃあああ……噴き出す血を浴びた聡美が叫びその場に倒れ込む。だがミチルちゃんは倒れなかった。いや、倒れたくても倒れられなかった。二メートルはある長針が首筋から太股を抜け地面に突き刺さって、ミチルちゃんをまるで磔にしたかのように固定していたからだ。

真っ白な服は赤く染まり、ただ首と細い両腕だけがぶらんぶらんと揺れている。

「ミチルちゃん！」

駆けつけようと思っても、足が動かなかった。体も手も動かなかった。ただその

場で必死に叫ぶのが精一杯だった。事態に気づいた他の生徒たちも悲鳴を上げ、長閑（のどか）な校舎前は一転してパニック状態になる。

そんな中、ぼくの視野の端っこに校門を通り過ぎる鈴木君の姿が、片目でウィンクしてぼくに合図した鈴木君の姿が、一瞬だけど映り込んだ。

……これが天誅？

じゃあ、ミチルちゃんが犯人？　そんな……。

何が何だかわからなくなり、ぼくはブラックアウトした。

犯人

銀の砂をちりばめたような天の川。彦星と織女星こと鷲座のアルタイルと琴座のベガ。それに白鳥座のデネブをあわせて、夜空にひときわ大きく輝く夏の大三角形。自然が描き出す壮大なデザイン。常世市のプラネタリウムなんか比べものにならないほどの、星の大伽藍。瞬きを身近に感じさせる、ひんやりと冴えた夏の夜風。キャンプ場の丘で英樹と二人で静かに眺めていたあの光景。月明かりの下、足を棒にして歩いた帰り道。〝天宮の誓い〟。井戸の底に沈んだ永遠の親友。

ミチルちゃんの手。冷たく柔らかい手。大時計の針が落ちて、串刺しになったミチルちゃん。真っ赤に染まった白い服。天の矢に射抜かれた殺人犯。

ウィンクする〝神様〟。

そして……天誅。

目が覚めると、母さんが心配そうにぼくの顔を覗き込んでいた。

「芳雄！」

母さんは泣きはらした赤い目でベッドのぼくに抱きついてきた。ぶつぶつ孔の空いた真っ白な天井に見慣れない蛍光灯。ぷんと薬品の臭いがする。ゴツゴツした電子機械。薄レモン色のカーテン。窓の向こうには鬼婆屋敷がある神降山が見える。三日間、ぼくは病院で眠り続けていたらしい。服も水色のパジャマに着替えさせられていた。

「ねえ母さん、ミチルちゃんは死んじゃったの？」

母さんはしばらく口ごもったが、最後に、そうよ、と云った。

夢じゃなかったんだ。

「大時計の針が落ちてきて、ミチルちゃんが……」

「今はゆっくり休みなさい」

起きあがろうとしたぼくを押さえつけると、母さんは布団を肩まで掛けた。

「芳雄は疲れているのよ。何も考えないほうがいいのよ」

優しく母さんは諭すが、ぼくは見てしまったのだ。目の前で見てしまったのだ。そして知ってしまったのだ……天誅を。

「教えてよ、母さん。事故だったの？」

腕を摑み執拗に訊ねると、母さんは渋々頷いた。

「そうよ。古い時計で軸の留め金が弛んでいたらしいの。半年前に業者が点検したらしいけど、その検査に手抜きがあったんじゃないかって、いま大変な問題になっているわ」

ミチルちゃんの葬式は昨日終わったらしい。ミチルちゃんのお母さんは棺の中の冷たくなったミチルちゃんに泣きながら最後まで縋りついていたという。

「英樹君に続いて哀しいお別れだと思うけど、しっかりしなさいよ。芳雄がいなくなったらわたし」

「ねえ、母さん……ぼくは母さんたちの本当の子なの？」

ついそんな言葉が口をついて出た。今まで一笑に付していた神様の言葉。

「そんな……何を云ってるの。誰に吹き込まれたか知らないけど、こんな時に冗談を云うんじゃありません」

案の定、母さんは叱りつけた。でも怒った顔には狼狽の色がはっきりと現れてい

る。

本当だったんだ。

「ごめんなさい」

ぼくは素直に謝った。神様が教えてくれた、といっても信じてくれないだろう。もし母さんが笑い飛ばしたとしても、結果は同じだ。もう疑いようがない。ミチルちゃんがあんな死に方をしたんだから。鈴木君は神様なのだから。

そして……ミチルちゃんは英樹を殺した犯人なのだ。

ぼくが本当の子供じゃないことよりも、ミチルちゃんが事故にあったことよりも、それが一番悲しかった。

裏庭で、あのぎゅっと握りしめた手はなんだったのだろう。あの白い柔らかい手は。ぼくは泣きたくなるのを懸命に堪えた。

「芳雄の目が覚めたって、お父さんに電話をしてくるから。母さんもだけど、お父さんもずっと芳雄のことを心配してたのよ」

ぼくが落ち着いたのを見て、母さんは病室を出ていった。

静かな病室にひとりとり残される。エアコンの作動音と、ドアの向こうでパタパタとスリッパで歩く音が、わずかに聞こえるだけ。何だか今までと違う、寂しい世

界にワープしたみたいだ。

……天誅。

ミチルちゃんが犯人。信じたくないけど、それは事実だろう。神様がそう云ったんだから。神様以外にあんな天誅を下せる人はいない。神様はなんでもできるし、そして間違えない。ぼくが英樹の仇を討ってくれと頼んだのだ。あんな光景を見せられては、信じないわけにはいかない。

でもどうしてミチルちゃんが英樹を殺したのだろう？

二人は親しくはなかったけど、仲が悪かったわけでもない。英樹はぼくとミチルちゃんの仲を取り持ってやるとさえ云っていた。もしかすると、強引にぼくとつきあえと迫ったのかもしれない。それで口論になって……。

すぐにその考えが馬鹿馬鹿しいことに気がついた。自分の彼女になれというのならともかく、他人の縁を取り持とうとしたくらいで、人殺しに至るケンカになるはずもない。

じゃあ、本部が発見されたから？

それもありえなさそうだ。少年探偵団に思い入れの強い孝志ならともかく、ミチルちゃんには探偵団を守るために英樹の口を封じる理由がない。そもそも探偵団に

は聡美が強引に誘ったのだ。

どう考えてもわからなかった。

そのとき母さんが戻ってきた。夕飯の支度をしに家に帰るという。この三日間、病院に通い詰めで、父さんをほったらかしにしていたらしい。父さんは仕事で今晩は無理だけど、明日は来られるとのことだ。

「ぼくは大丈夫だよ。看護師さんもいるし」

心配げに何度も振り返る母さんを安心させてやると、ぼくは再びベッドに横になった。体がものすごく重い。病気のせいじゃなく、心のせいだ。

夜になり野菜がいっぱい入った、お世辞にも美味しくない病院食を食べたあと、ぼくは再び考えていた。八時まではTVを見てもいいということだったが、いつもは楽しみにしているクイズ番組も今日は見る気にはなれなかった。それより静かに考えたかった。

窓の外には、夕闇に覆われた神降山が映っている。あの山のどこかにある鬼婆屋敷。そこで英樹はミチルちゃんに殺されたのだ。

でも犯人がわかっても、まだ謎がいっぱい残っている。

ミチルちゃんが犯人だったとして、どうやってあの状況を作れたのだろう？

ミチルちゃんはあの日学校をサボっていたので、ひと足早く本部に行くことはできた。ミチルちゃんなら番号錠の番号を知っている。もしかして英樹とミチルちゃんは実はつきあっていたのかもしれない。みんなに知られたくないために、集合のない日にこっそり本部で落ちあっていたのかも。そこで何か事件が起こって英樹を殺してしまった。

英樹はぼくを裏切っていたのだろうか。仲を取り持ってやると口ではいいながら。いや、……その点は今は深く考えないでおこう。疑えば疑うほど落ち込むだけで、きりがない。

問題はその次だ。ミチルちゃんが英樹を井戸につき落とし……いや神様は他の場所で殺して井戸に沈めたと云っていた。すると本部で殺して（しまって）そのあとで井戸まで運んで沈めたのだろう。でもどうやって外から掛け金を掛けたのか。英樹を事故死と見せかけるためだとしても、その方法がわからなかった。

ミチルちゃんなら小さいから井戸の蓋に隠れられる。でも当たり前のことだけど、ミチルちゃんはぼくたちと一緒にいたのだ。もう一つ、そもそもぼくらが本部へ集合する契機となった、俊也が目撃した英樹の姿。あれはどう説明すればいいのだろう。

もし俊也の見たのが別人だとしたら……もしかして英樹を殺したあと自分の家に慌てて戻るミチルちゃんの姿？

でもおしゃれなミチルちゃんは半ズボンなんか決してはかないし、野球帽も被らない。

じゃあ、もうひとり本部を発見した人間がいたのだろうか。そいつが現場を見てびっくりして逃げた。

いや、それじゃだめだ。どちらにしても、あのスペシャルTシャツは英樹のものなのだ。

ミチルちゃんは犯人だ。でもどうやって英樹を殺して密室状態にしたのだろう。考えれば考えるほどわからないことだらけ。

その夜、ぼくはほとんど眠れなかった。

＊

翌日、孝志と光一さんが見舞いに来てくれた。光一さんは、聡美の見舞いに来たところを孝志と出くわしたという。

聡美もこの病院に入院しているらしい。考えてみれば、ぼくより聡美のほうがシ

ヨックが大きいはずだ。親友だったし、真横でミチルちゃんの死を目撃したのみならず、その血を大量に浴びてしまったのだ。さすがの聡美も、まだショックから立ち直れていなく、まともに日本語が話せない状態らしい。

「秋屋甲斐が捕まったよ。昨夜、再び猫を殺そうとしたところを逮捕されたらしい。これでミチルちゃんの魂も少しは浮かばれるな」

そう云って、孝志はお見舞いの神降饅頭(まんじゅう)を枕許に置いた。

「ほんと？　それで英樹のことは？」

「全然」と孝志は首を振る。「新聞には何も触れられてなかったから、全く関係がないかもしれないな。刑事が秋屋を尾行していたのは、どうも確からしいし」

「そうか……」

今さらながら、ミチルちゃんが犯人じゃないという一縷(いちる)の望みに縋っている自分に気づく。

ぼくはカーテンを開け、肌を刺すような夏の日差しを室内に取り込むと、

「なあ、孝志。英樹を殺した犯人はどうやって外から鍵を掛けたと思う？」

「こんな時に、」

そう云いかけた孝志を、光一さんは手で止めた。

「そうだな。おれも考えていたんだが……」

拒絶せず、相手をしたほうがいいと判断したのだろう。光一さんは高い背を折り畳むようにそばの丸イスに腰を下ろすと、抑え気味のソフトな声で語り始めた。

「たとえばだよ。きみたちが裏口のドアを破ったとき、犯人がドアの裏側に隠れていたとかは考えられないかい？」

「無理だよ。ぼくはミチルちゃんがドアを閉めているところを見てた。隠れる場所も余裕もなかったよ」

それにミチルちゃんが犯人なのだ。秋屋甲斐の時のようにそれを教えられたなら、光一さんも違った推理をしてくれるかもしれない。でもさすがに口に出せなかった。鈴木君が神様でその神様がミチルちゃんに天誅を下したなんて云っても、ショックで頭がおかしくなったと思われるのがオチだ。

「じゃあ、犯人はそれ以前に逃げ出していたことになるな。おれは鬼婆屋敷を見たことがないから。一度見られたらいい案も思いつくんだろうけど。とりあえず大まかな図を描いてくれないか」

孝志が自分のノートを破ってざーっと裏庭の見取り図を描く。光一さんは図をまじまじと見つめていたが、

「塀は乗り越えられないわけだね。じゃあ小屋の屋根は？」

「そこも痕跡はなかったって云ってたよな」

ぼくが水を向けると、ああと孝志も同意する。

「物置小屋だけじゃなく鬼婆屋敷の屋根も調べたって、聞いた気がする」

「なるほど。ということはドア以外からだと、文字通り飛んで逃げるしかないわけか」

「気球に乗って逃げたのかな？」

孝志が呟く。たしかダビレンジャーに追いつめられたツァーリ男爵がそんな逃げ方をしていた。ハラショー・ゴキゲンヨーと高笑いしながら。

「まあ、それは最後の隠し球ということにしておこう」

光一さんは苦笑いした。この町で気球なんか飛んでいたらすぐに噂になっただろう。それにミチルちゃんは高所恐怖症のはずだから気球に乗れるとは思えない。

「気球がＯＫなら、ラジコンヘリで掛け金に引っかけた紐を引っ張るとかもありだけど、この事件はどうも突発的な犯行のような気がするんだ。そんな下準備ができなかったほどの」

「どうしてさ？」

怪訝な表情で孝志が訊ねたとき、若いナースが入ってきた。ナースの前で殺人事件の話をするわけにもいかず、一旦ぼくらは会話を中断した。

ナースはぼくの体温を測ったあと、「もう大丈夫よ」と微笑んで帰っていった。パタパタパタパタと廊下の足音が小さくなっていく。光一さんはコホンとひとつ咳払いをすると、

「英樹君のカバンが入り口にあったからだよ。あれは英樹君がカバンを置いて中に入ったこと、そこで事件に巻きこまれたことを意味していると思うんだ。だから犯人は英樹君のカバンに気がつかなかった。もし計画犯罪で、英樹君と一緒に鬼婆屋敷に入ったとすればカバンを回収するだろうし、屋敷の中で待ち合わせていたのなら英樹君がカバンを外に置いておくことはない。あれは英樹君が中の様子を窺うために一時的に置いたと思うんだよ」

そうだ。カバンの存在をすっかり忘れていた。すると英樹は本部でミチルちゃんと待ち合わせていたわけじゃない。一瞬でも英樹を疑ったことを、ぼくは心の中で謝った。

「だから、密室はもっと単純な方法で作られたと思うんだ」

「糸とか紐とか？」

するると光一さんではなく孝志が「それは違うよ」と首を横に振った。

「どうして？」

「実は、昨日鬼婆屋敷を調べてみたんだ。みんな色々あったからさ。おれひとりでもやらなきゃと思って……」

孝志は照れくさそうに頭の後ろを掻いている。

「で、糸を引っかけて掛け金を掛けられるか見てみたんだけど、ダメだったよ。古いくせに意外と隙間がないんだ、あのドア」

「じゃあ、糸もとりあえずアウトだな。まあ糸で簡単にできるのなら、警察も気づいているだろうけど」

光一さんはさっきの図面に糸と書き、その上に大きく×印をつけた。

「それよりさ、裏庭にいて気がついたことがあったんだ」

孝志の声が神妙になる。ちらと入り口のドアを見て、人の気配がないことを確認すると、

「英樹の帽子って井戸の脇に落ちてただろ。あれ、最初に井戸で発見した時にはなかったような気がするんだ。再び井戸に来たときには、落ちていたのははっきりと覚えているんだけど」

ぼくには一瞬なんのことかわからなかった。その意味を即座に理解したのは光一さんだった。光一さんは細い眼を二、三度瞬かせ、ふむとあごをさすると、

「すると二度目に突然帽子が現れたわけだね。じゃあ、やっぱり犯人は君たちが入ってきたときには、まだ裏庭のどこかに隠れていたということになるな」

「やっぱりそうなるのか。最初にあの帽子が目に入ってたなら、井戸には須之内じゃなく英樹が隠れてると思ったはずだし」

孝志は眉根を寄せ困惑している。でもぼくはもっと困惑していた。ミチルちゃんは井戸には近寄らなかった。一番後ろにいて真っ先に逃げ出した。帽子を井戸まで放り投げることすらできなかったはずだ。じゃあ、帽子はどこから出てきたのだろう。

孝志は初めは帽子がなかったという。ぼくは必死で思い出そうとした。でも全然記憶にない。帽子は井戸の真裏に落ちていて、ぼくの位置からは見えないからだ。孝志は背が高いから裏側まで見える。だからこそ気がついたのだろう。

「もしかすると、俊也君が目撃した英樹君の後ろ姿と関係があるかもしれないな」

唐突に光一さんが云った。云われてみると、なるほどだ。俊也が見た英樹は、ゴールデンイーグルスの帽子を被っていた。光一さんの頭の中は、色々な断片情報を

必要なときに必要なもの同士繋げられるのかも。すごく羨ましい。

「俊也が見たのは英樹の偽者だったというんですか。でも帽子だけじゃなく、ダビレンジャーのスペシャルTシャツも着てたんですよ」

光一さんは手のひらを前に出して〝待て〟のポーズをすると、俯きかげんに眼を閉じた。

おとなしく三十秒ほど待っただろうか。ぱっと光一さんは眼を開くと、

「たしか、君たちが最初に英樹君を発見したとき、英樹君は首から上しか水から出ていなかったんだよね。で、井戸の水は濁っていた上に、水面は藻や水草で覆われていた」

「うん」と孝志が大きく頷く。

「では、こうは考えられないかい。その時、英樹君は裸で、スペシャルTシャツを着ていなかった。そしてあとで誰かが服を着せた。俊也君が目撃したのは、英樹君の帽子とTシャツを着た別人だった」

「犯人が英樹に変装してたということですか？　どうしてそんな面倒臭いことを？」

「そこまではまだわからない。アリバイ作りというわけでもなさそうだし。そんな

ことをしなければ、俊也君にも目撃されず、英樹君の発見も遅れたはずなのに。そこがどうしても矛盾するんだよ。それにそのあとどうやって君たちの目を盗んで服を着せたのかもね。まだまだ謎だらけだ」

「ちょっと待ってください。それじゃ、犯人は子供だったというんですか！」

ようやく気づいたのか、孝志が叫んだ。

「だって大人だとさすがに俊也も見間違えないでしょ」

「かもしれないな」

さすがに光一さんも信じたくない口振りだ。

犯人は子供。井戸の蓋に収まるような……。ぼくが蓋のトリックを説明しようとしたとき、母さんが入ってきた。二人を見て、「わざわざありがとうね」と礼を云う。

「……とりあえず、今日は帰るよ。詳しいことはまたあとでな」

母さんが来た以上、目の前で英樹の話をするわけにはいかない。続きは全快してから土蔵で、ということなのだろう。二人は母さんに挨拶して部屋を出かけた。

「なあ孝志」

ドアノブに手をかけた孝志を、ぼくは呼び止めた。

「鈴木君の電話番号って知ってるか」

「鈴木……あの転校生か。知らないよ。来たばっかりだからまだ住所表が配られていないんじゃないのかな。沢田先生に聞けばわかるかもしれないけど。鈴木がどうかしたのか？」

「いや、知らなきゃいいんだ」

神様の電話番号は誰も知らないんじゃないか。なんとなくそんな気がした。

「変なやつだな。早く元気になれよ」

孝志は敬礼まがいに手を振って立ち去った。光一さんも小さくお辞儀をして消えていく。

「よかったね。友達が見舞いに来てくれて。孝志君と、もうひとりは誰だったの？」

布団の乱れを直しながら母さんが嬉しそうに訊ねる。でもぼくは生返事をするだけ。頭の中は、新たな事実でぐちゃぐちゃに混乱していた。

神様

夜明け前のまだ世界が寝静まっているとき、中途半端に目が覚めた。昨日のことが頭から離れない。

光一さんは、俊也が見た英樹は別人だと推理した。スペシャルTシャツとゴールデンイーグルスの帽子を被っただけの、別の子供だと。

ミチルちゃんだ。ミチルちゃんしかいない。ミチルちゃんの髪は短いから、帽子を被れば髪が長めの英樹とはほとんど区別がつかない。

光一さんはTシャツだけといったが、きっと半ズボンも英樹のものだろう。ミチルちゃんはいつもスカートしかはかないからだ。ぼくらが最初に発見したとき、もし勇気を持って英樹を引き上げていたなら……。きっと上半身が裸で、下がパンツ

だけの英樹の姿が現れていたに違いない。

でも、どうしてミチルちゃんがそんな真似を。

光一さんと同様、ぼくにもわからなかった。鬼婆屋敷で英樹を殺したのなら、そのまま逃げ出せばよかったはずだ。英樹の格好をして、何をするつもりだったのだろう。もし知っている人に見とがめられたら、もし俊也が後ろ姿じゃなく正面から目撃していたら、それで一巻の終わりだ。そんな危険を冒してまで、ミチルちゃんは何をしようとしたのだろう。

それに……井戸から引き上げたとき、英樹はＴシャツを着てズボンもはいていた。帽子も井戸の傍に落ちていた。つまりぼくらが原っぱに退避して怯えていたとき、犯人は裏庭で英樹に服を着せていたことになる。

どういうこと？　犯人はミチルちゃんじゃ……。

ふと、あの日ミチルちゃんが、スカートの裾を気にしていたことを思い出した。今まで雑草で濡れるのがイヤだったからと単純に思っていたけど、もしかすると他に理由があったのかもしれない。ミチルちゃんは手ぶらだった。でも長いスカートの下に英樹の半ズボンをはき、Ｔシャツを巻きつけていたとしたら……。

ひょっとしてミチルちゃんは誰かに英樹の服を渡しに来た？

その時、ぼくにはすべてがわかった気がした。どうやって犯人が掛け金が掛かった裏庭から抜け出せたのか。ぼくたちが入ったとき、どうやって裏庭に隠れていられたのか。そして誰がそれをやったのか……。

わかってしまったのだ。

そして……気づかなければよかったと、後悔した。これが夢だったらいいのにと。

真っ暗な中、布団を頭まで被ると、ぼくは必死に眼を閉じた。

朝。滅入った気分を少しでも晴らそうと身を起こしてTVをつけた。ちょうどダビレンジャーの時間だった。

でも、時間になってもダビレンジャーは始まらなかった。いや、よく見ると始まっていた。ただいつもとは様子が違っていたのだ。いつもの五人揃ったにぎやかなオープニングに代わり、いきなり本部をバックにタルムード司令がひとりで現れた。司令は正面を向くと、いつもより低い声で、

「みんないつもダビレンジャーを応援してくれてありがとう。実はレッドダビとブルーダビが急に番組に出られなくなったのジャ。二人がいつまたみんなの前に姿を

見せることができるようになるのか、正直このワシにもわからんのジャ。それで今日はみんなに、ワシたちの今までの活躍をじっくりと見てもらいたいのジャ」

それから唐突に、半年前に見たことがある場面が始まった。一話の地球防衛軍が洗脳されて市民をマシンガンで殺しまくるシーンだ。このあと生き延びた五人が海を割った司令の導きでダビレンジャーになるのだが……なぜかそのシーンはなかった。次の場面は既に変身したあとで、みんなジェノサイドロボに乗り込んでいた。そしてロボが必殺技のファイナル・イエシバーを放つとき、いつもレッドダビが叫ぶ『ファイナル・ジェノサイド！』という台詞も消されていた。

何が何だかわからずに、ＴＶを消す。

ふと気がつくと入り口に鈴木君、いや神様が立っていた。早朝の静かな病院。壁も床タイルもクリーム色に塗られた無機質な病室。その背景に溶け込むように、神様は静かに立っていた。ドアの開いた気配がしなかったのに、いつの間に入ってきたのだろう？

「見舞いに来たよ。でももう今日退院なんだろ。おめでとう」

相変わらずの無表情で神様は云った。ぼそぼそとした小さな声。夏なのにひんやりとした空気が流れる。

「ダビレンジャーどうしちゃったの？」

　思わずぼくは訊ねた。

「レッドダビとブルーダビは、飲酒運転で轢き逃げをして、人を殺してしまったんだよ。それで昨日警察に逮捕された」

「うそ！」

　信じたくなかった。正義の味方が、地球の平和を守っているダビレンジャーがそんなことを。

　でも神様は薄く笑うと、

「二人ともただお芝居をしているだけだからね。本物の彼らは平気で轢き逃げをするやつだった。それだけのことだよ」

　そんなことわかっている。レッドダビもブルーダビもあくまでドラマで、役者が演じているだけってことは。でも、でも、でも、信じたくなかった。

「ダビレンジャー、終わっちゃうの？」

「新しい役者が代わりに来るだけだよ。今までのレッドとブルーには二度と逢えないけどね」

「……鈴木君。きみと逢うとぼくは不幸になるばかりだね」

伏し目がちにぽつりと洩らすと、

「そんなことはないさ」

戸口にずっと立ったまま、神様は云った。

「ぼくと逢わなくても、同じコトだよ。岩渕君は殺されていたし、ダビレンジャーは休止になっていた」

「でもミチルちゃんは死んではいなかった」

「きみはそれでもよかったのかい」

ぼくは答えられなかった。英樹を殺したミチルちゃんが、のうのうと生きていたとしたら。ぼくを欺いて、一緒に鬼婆屋敷まで行ったミチルちゃん。心の中でぺろっと舌を出していたのだろうか？　そしてずっと舌を出し続けて……。

そんなミチルちゃんに片思いしているぼく。ドキドキしているぼく。はたしてその状況が幸せだったのか。ぼくにはわからなかった。

「鈴木君。英樹を殺したのはミチルちゃんだね」

「そうだよ。まだ疑っているのかい」

ううん、とぼくは首を振った。

「もう疑っていないよ。鈴木君が天誅を下してからは。でも本当は、共犯者がもう

ひとりいるんだろ」

英樹を手にかけたのはミチルちゃんなのだろう。神様がそう云ってるから間違いはない。だから共犯者がいたと考えれば辻褄(つじつま)が合う。裏口の掛け金をかけ、英樹にTシャツやズボンを着せた共犯者。ミチルちゃんに知恵を授けた共犯者。

ぼくは昨日まで犯人はひとりだと思っていた。だから鈴木君にも英樹を殺したやつの仇をとってくれと頼んだ。でも直接英樹を殺してはいなくても、後始末の手伝いをした共犯者のことまで考えが及ばなかった。

「そうだよ」と神様はあっさり肯定する。

なぜあの日に話してくれなかったのか、それは訊かなかった。神様はいつも退屈で、そのせいでちょっと意地悪なのだ。ようやくぼくにも神様の性格がわかってきた。嘘はつかないけど、本当のことを包み隠さず話すわけでもないことが。

「厚かましいお願いかもしれないけれど、もしできるのならその共犯者にも天誅を下してくれないかい」

神様の静かな眼を見つめ、ぼくは絞り出すように訴えた。神様もじっとぼくの眼を見ている。今度はぼくは視線を逸らさなかった。

「きみと話せて楽しかったよ。そのお礼に願いを叶えてあげてもいいけど。きみは

それでいいのかい？」

　このまま床の中に沈んで消えていっても不思議じゃないほどに、あまりにも存在感のないありようで、神様は訊ねてくる。

　本当にこの神様は目の前に存在しているのだろうか？　抱きつけば霞のように消えてしまうんじゃないだろうか？

　そういえば以前、神様はぼくたちが考える〝姿〟で存在するわけじゃないと云っていた。何十年かかってもぼくには理解できないとも。

「……いいんだ。ぼくは。どうせこの世の中にいいことなんかあるわけないんだから」

「わかったよ。きみの願いを叶えてあげるよ」

　神様はあいかわらず戸口に立ったまま、ゆっくりと頷いた。

「ホント？」

「前にも云っただろ。ぼくは決して嘘は吐かないよ」

「ありがとう、鈴木君」

　涙が溢れそうだった。でも泣かなかった。ぼくは目尻に力を込めなんとか堪えると、

「……ひとつ訊いていいかな。どうしてミチルちゃんは英樹を殺したの？」

「エッチの現場を見られたからだよ。日頃から山添さんは集合のない日にあの家で共犯者とエッチなことをしていたんだ。あの日、県道を登って行くところを、塾へ行く途中の岩渕君が見つけ、探偵団の集合と勘違いしてあとをつけた。そして鬼婆屋敷の中に入ったところを山添さんに見つかったんだ。山添さんはすぐさま岩渕君に襲いかかり、土間に頭を強打した岩渕君はそのまま死んでしまった」

「じゃあ事故だったの」

「いや、殺意はあったよ。山添さんは岩渕君の首を絞めようと躍りかかっていったんだから。頭を打って死んでいなければ、そのまま首を絞められていただろうね」

「そんなことで英樹は殺されなければならなかったの」

「ばれたらどれほど大変なことになるか、もうきみは知っているんだろ。ぼくに天誅を頼むくらいだから」

ぼくは何も云えなかった。神様とも視線をあわせられなかった。

「もうひとつだけ訊いてもいい？　どうしてミチルちゃんは英樹の服を着たりしたの？」

布団をぎゅっと握り、俯いたまま訊ねると、

「岩渕君は頭を打ちつけたとき鼻血を出した。それが山添さんの白い服とスカート

にべったりとついたんだ。そのままじゃ目立つから、自分の家に帰って服を着替えるために岩渕君の服とズボン、帽子を拝借した。彼女はそのTシャツがどれほどレアなものか知らなかったからね。それをたまたま内海君に目撃されたんだよ」

ミチルちゃんが串刺しになった光景が甦ってきた。真っ白な服が血で真っ赤に染まっていた。白地に映える赤。あれほど多量じゃなかっただろうけど、血塗(ちまみ)れの服で外は歩けなかっただろう。するとぼくらが集合したときミチルちゃんは既に新しい服に着替えたあとだったことになる。その日は学校をサボっていたから、誰も着替えたことに気づかなかったけど。

「じゃあ、もし俊也が目撃していなかったら、ぼくらが本部に行ってなかったら、裏庭の細工もされることはなかったの？」

「山奥にでも埋めて、行方不明ということにしただろう。現場が鬼婆屋敷だとどうしても探偵団のメンバーに疑いがかかるからね。そっちのほうがはるかに安全だよ」

神様は淡々と名推理を口にしている。昨日見たつまらないサスペンスドラマのあらすじを話すかのように。いや、推理じゃなかった。神様は真実を口にしているだけだ。

いっそ推理のほうがまだよかった。推理なら覆る可能性も残されている。でも真

実は……揺るがしようがない。神様の真実ひと言ひと言が、矢となりぼくの胸を貫いていた。

ぼくは勇気を振り絞って顔を上げると、

「……ねえ、神様。ぼくは、どんなことがあっても三十六歳まで生きるんだよね」

「そうだよ。きみは飛行機事故で死ぬその日まで、絶対に死ぬことはない」

神様の言葉が冷たく響く。決まっているのだ、もう、何もかも。

「サヨナラ。いままで楽しかった。きみと出逢えてよかったよ」

鈴木君は初めて無邪気な笑顔を浮かべると、そのまま静かに部屋を出た。ドアが閉まったあとに足音は聞こえてこなかった。まるでその場でかき消えたかのように。

神様にはもう逢えないだろう。きっと来学期には鈴木君がいたことすら、みんな忘れてると思う。

サヨナラ……ぼくは小さく呟いた。

涙が頬をひと筋伝ったかと思うと、止まらなくなった。

神様と別れるからじゃない。神様と出逢ってしまったせいだ。

ぼくもすべてを忘れたかった。

誕生日

　夕方になって、退院のために父さんと母さんが揃って迎えに来た。父さんは忙しいのになんとか都合をつけてやってきたようだ。小出町の事件はまだ解決していない。昨日も見舞いに来たから、かなり無理をしてくれてる気がする。ショックで倒れただけで、ホントの重病人だったわけじゃないけど、三日も眠っていたのが心配だったのだろう。もしかすると、母さんからぼくの質問を伝え聞いたのかもしれない。

「今日は盛大に退院祝いをするぞ。病院じゃろくなものを食わせてもらえなかっただろ。十年前おれが犯人に車をぶつけられ足を折った時なんか、ジャガイモがどろどろに溶けて粘土のようになったシチューが出てきたんだぞ」

帰りの車の中で、父さんは朗らかに昔話をした。いつにないテンションの高い声で、ぼくを気づかってくれているのがわかる。

「それで芳雄は何が食べたい？　寿司かステーキか？」

「ダビレンジャーのケーキがいい」

ぼくは即座に答えた。

今日はぼくの本当の誕生日。鈴木君が教えてくれた七月二十五日。もちろんそんなことは口に出せないけど、心の中でひとりひっそりと祝うつもりだ。それに……ダビレンジャーのケーキが、このケーキこそが、今日という日に似つかわしく思えた。

「ケーキか」父さんは一瞬面食らったようだ。四角い眼を大きく開くと、「でもケーキは夕食にならないぞ。それにおいしいケーキなら駅前の……」

「そんなことわかってるよ。夕食はなんでもいいから、絶対にダビレンジャーのケーキが欲しいんだ」

頑(かたく)ななぼくの態度に父さんは何か云おうとしたけど、すぐに柔和な表情に戻ると、「わかったわかった」とスーパーに寄ってくれた。

不祥事のせいでケーキが置いてあるかどうか不安だったが、スーパーは事件のこ

となど無関心らしい。ショーケースにはケーキが堂々と並べられていた。

世の中、正義の味方が人を殺してもたいして影響がないのだ。胸の片隅に虚しさと諦めを感じながら、ぼくはレジにケーキを持っていった。

結局、夕ごはんは寿司になった。

「芳雄じゃなく、あなたが好きなんでしょ」

母さんに詰られながらも、父さんは駅前の寿司屋で特上寿司を三人前注文していた。

家に着き寿司を食べ終わったあと、ぼくは庭に出た。

見上げると満天の星。夏の大三角形がひときわ輝いている。キャンプの時と同じ輝き。家からでもこんなに星が近かったなんて知らなかった。

あの星のどれかが英樹の星なのだろう。〝天宮の誓い〟は英樹によって破られたけど、ぼくはいつまでも誓いを守り続けるつもりだ。きっと英樹が生きていたら、すぐにでも誓いは修復できていたはずだ。だから英樹もぼくが神様に頼んだ決断を喜んでくれるだろう。

その時、東方からつーと斜めに大きく星が流れた。

「芳雄、ケーキよ。早く中に入りなさい」

母さんが呼ぶ声で家の中に戻る。テーブルにつくとすぐ、目の前にダビレンジャーのケーキが置かれた。ケーキの中央には、五人がそれぞれ必殺技を決めている写真が貼られたプレートが載せられている。その周囲には五人＋タルムード司令の小さな砂糖菓子。

「ロウソクを十本ともしてよ」

はいはい、と理由も聞かず、母さんはロウソクを並べてくれる。父さんと同様に、今夜だけは特別に甘やかしてくれるようだ。ロウソクに火をつけ終えると、誕生日の時と同じように部屋の灯りを消してくれた。

暗い中にぼうっと浮かび上がる十個の炎。吸い寄せられるようにそれを見つめながら、ぼくは心の中でそっと呟いた。

〝ハッピーバースデー・トゥー・ミー〟

ミチルちゃんは英樹のスペシャルTシャツと半ズボンを着て帽子を被って、鬼婆屋敷から家に帰った。その間、共犯者はずっと鬼婆屋敷の中に潜んでいたはずだ。ミチルちゃんが家で着替えて、英樹の服を持って戻ってくるのを待っていたはずだ。本来なら神様が云ったように、英樹に再びTシャツを着せて他の場所に埋める予定だったのだろう。

しかし俊也が現れたため、犯人は鬼婆屋敷に閉じこめられることになった。窓は板で塞がれているので、玄関のドアからしか逃げ出せないからだ。しかもミチルちゃんからの連絡では、ぼくたち全員が鬼婆屋敷に集合するという。うまく立ち去ることは難しいし、英樹の裸の死体をこのまま放っておくわけにもいかない。

そこで共犯者はミチルちゃんに知恵を授けたのだろう。

ミチルちゃんが犯人だとわかった今では、色々なものが見えてくる。それまで気づかなかった色々なものが。

孝志たちと裏口を開けようとしたとき、一番遅れてきたのはミチルちゃんだった。きっとその間にスカートに隠していた英樹の衣服をソファーの裏にでも忍ばせていたのだ。

また裏庭で、英樹の死体を発見したとき、悲鳴を上げ真っ先に逃げ出したのもミチルちゃんだった。ミチルちゃんが契機となり、ぼくたち全員が裏庭から原っぱまで逃げ出すことになった。

あの時、裏庭にはまだ共犯者が残っていたのだ。共犯者が英樹の服を受け取り、英樹に再び着せる余裕を与えるために、ミチルちゃんはぼくらを誘導した。おそらく共犯者は物置小屋に隠れていたのだろう。井戸の蓋を外しておいたのは、ぼくら

の注意が先ず井戸に向くことを計算してのことだ。井戸で英樹の死体を発見したら、ぼくたちは物置小屋など顧みずにそのまま逃げ出すだろうと。

そして……孝志が一一〇番しようとしたとき、父さんにケータイを掛けるように提案したのもミチルちゃんだった。ぼくたちが原っぱにいたままで警察に押しかけられれば、共犯者は袋の鼠だからだ。

だから父さんにケータイを掛けさせたのだ。

なぜなら……ミチルちゃんの共犯者は、たぶん父さんだからだ。

信じたくないけど、ミチルちゃんが犯人なら、それしか考えられない。

ぼくは父さんに電話を掛けた。電話は裏庭にいる父さんのケータイに繫がった。父さんはミチルちゃんが持ってきた衣服を英樹に着せながら、ぼくたちにもう一度井戸を見るように指示した。今度はきちんと着替えさせた英樹の姿を見せるため。そして自分が鬼婆屋敷から脱出するため。

父さんは開かずの間に隠れてぼくたちをやりすごし、ぼくたちが裏庭に入ったのを見計らって屋敷を抜け出したのだ。

ぼくが父さんに電話したとき、状況から考えて、犯人が裏庭に潜んでいる可能性が大きかった。でも父さんはプロであるにもかかわらず、無理にぼくを裏庭へ向か

わせようとした。あれは英樹のためではなく、父さん自身のためだったのだ。

そしてぼくと孝志が二人で行こうとしたとき、ミチルちゃんが原っぱに残るのはイヤだとみんな揃って裏庭に向かうようにお膳立てする。

物置小屋には足跡はなかった。当たり前だ。中を見て「ない」と云ったのは父さんだ。その後の鑑識班の調査でも不審な足跡は発見されなかった。これも当たり前だ。堂々と残された父さんの足跡はもはや不審でもなんでもないからだ。そのために父さんはわざわざ物置を覗きに行ったのだ。

屋敷の中も同じだ。父さんの髪の毛や指紋が残っていても、誰も不思議に思わない。父さんは英樹を井戸から引き上げると、濡れた手袋を外したあと、本部でぼくたちの話を聞いていた。

事故死に見せかけるため、外から掛け金を掛けるため、物置小屋に隠れることができたのは父さん以外にはいない。父さんしか、ミチルちゃんと連携してぼくたちを巧みに誘導できた人はいない。

父さんは刑事だ。悪人を逮捕し市民の安全を守る、正義の味方だと思っていた。それがぼくの自慢でもあった。

でも命がけで地球を守っているはずのダビレンジャーだって、人を轢き殺して警

察に捕まるのだ。刑事の父さんがミチルちゃんとエッチしたり、英樹の始末を手伝ったりしても……ぜんぜん不思議じゃない。

でも、と思う。

もし井戸で英樹を発見したとき、ミチルちゃんの行動にもかかわらず、孝志やぼくが物置を覗こうとしたら、父さんはどうしたのだろう。潔く罪を認めたか、それとも……。

それだけは鈴木君に聞けなかった。どうしても知りたくなかったのだ。

ぼくは本当の子供じゃない。

だから……恐かった。

揺れるロウソクの炎を見つめながら、ぼくはぼんやりと考えていた。

〝ハッピーバースデー・トゥー・ミー〟

心の中で再び唱えて、ロウソクに息を吹きかけた。投げやりに、この前よりも軽く吹いたつもりだった。でもロウソクの炎はあっけなく消えた。一番奥の赤いロウソクまで真の誕生日を祝福してくれるかのようにあっさりとかき消える。

しかし火は完全に消えてなくなったわけではなかった。

暗がりの中、赤いロウソクの炎は、ぼくの息に流されるように芯からすすっと空

中を滑って移動したかと思うと、テーブルの向かい側に座っている人影に燃え移った。炎はそのままボッと、ガソリンに引火したかのように激しい勢いで炎上する。

一瞬のことだった。

これが天誅なのか……。

きっとそうなのだろう。鈴木君、いや神様は早々に願いを聞き届けてくれたのだ。

でも……この先ぼくはどうなってしまうのだろう？

もう前を向いて生きていく自信はなかった。しかしぼくはあと二十六年間、三十六歳までは絶対に生き長らえる運命なのだ。神様にそう宣告された身だ。

何のためにこれから先も生き続けなければならないのだろう？

生きるってそんなに楽しいことなのだろうか？

神様なんていなければよかったのに……。

重い溜め息をついた次の瞬間……ぼくは目の前でくり広げられている光景が信じられなかった。何かの間違いかと思った。

燃えているのが、父さんではなく母さんだったからだ。

母さんの体が紅蓮の炎に巻かれ焼かれている。母さんは両手を上げ小さな悲鳴を

上げたかと思うと、火だるまになりながらイスから転げ落ちた。

「律子！」

大声を上げ駆け寄った父さんが上着でなんどもはたいて、必死に炎を消そうとしている。

でも炎は逆に勢いを増すばかり。熱気と、生き物が焼ける時の独特の焦げた臭いが、部屋に充満し始める。

どうして母さんが……。

「芳雄。一一九番だ。いや、水だ水！」

父さんのうろたえる声が虚ろに響いてくる。

どうして母さんが……。

ぼくにはわからない。

しかし足許では、炎に包まれた母さんが小さな躰をのたうち回らせながら、熱さや痛みで悶え苦しんでいる。もはや声を上げることすらできないのか、唇はただぱくぱくと虚しく閉じたり開いたりしているだけ。

もう間に合わない。

ただひとつだけはっきりしていることがある。それはこれが神様の天誅の結果であり、神様は間違えないということ。

たとえどんなに信じられなくても、そこにはただ真実のみがあるはずだ。

ただ真実のみが……。


ぼくは静かに眼を閉じた。

解説

森川智喜
（小説家）

二〇〇三年、講談社は「ミステリーランド」というレーベルを創設した。「かつて子どもだったあなたと少年少女のための」というのがミステリーランドのキャッチコピー。大人の読者が童心にかえって満足できる、子供の読者も満足できる、そういう感じを目指すレーベルの精神は、親しみやすい装丁にも反映している。

本作『神様ゲーム』は、二〇〇五年に、そんなミステリーランドの一冊として出版された長編ミステリーである（二〇一二年にはノベルス版が出版された）。鈴木君という奇妙な登場人物と、異様な展開が話題を呼び、「このミステリーがすごい！」誌（宝島社）と「本格ミステリ・ベスト10」誌（原書房）の年間ランキングでともに五位となった。

続編『さよなら神様』（二〇一四年、文藝春秋）がすでに出版されていて、鈴木

君はそちらにも登場する。『さよなら神様』は、本格ミステリ大賞を受賞した（「このミステリーがすごい！」誌・「本格ミステリ・ベスト10」誌の年間ランキングでは、それぞれ二位・一位）。麻耶にとって、『隻眼の少女』（二〇一〇年、文藝春秋）に続く、二度目の同賞受賞であった（『隻眼の少女』は、同賞と日本推理作家協会賞とのダブル受賞）。

さて以下では、本作の内容について考えてみる。いわゆるネタバラシは避けるが、ストーリーに触れることにしたい。

本作では、犯罪事件を身近に経験する小学生たちの物語が、味のある比喩や射抜くような鋭い表現で彩られつつ描かれる。とくに、登場人物たちの言動に含まれる些細なトゲというものが、ベテランの手つきで行間にさらりと表現されるのが印象に残った。そうしたトゲも、ユーモアとして楽しむことができた。

ほかに印象に残ったのはやはり、鈴木君の奇妙さと、物語の幕引きである。鈴木君の奇妙さとは具体的に何か。通例では、事件の真相を知ろうとする人は、証拠を得るために動きまわったり、証拠をもとにして推理をおこなったりしなければならない。けれども、鈴木君はちがう。鈴木君は、事件の真相に限らず、すべての真実

を知ることができる。事件の真相を得るために、鈴木君は動く必要がなく、推理する必要もない。ここに奇妙さがある。ただ、本当に捜査や推理をしていないか、本当に真相を話しているのか、本当にすべての真実を知っているのか、これらの点は鈴木君自身の発言に大きく依拠する。だから語り手・芳雄ははじめ、あくまでも「ゲーム」として発言をとらえる。芳雄はゲーム感覚にせよ、鈴木君のことをよく知ろうとあれこれ質問するが、鈴木君からは「この手の質問に対するテンプレートが既に用意されているよう」な回答が返ってくる。

ちなみに、ウソをついているのでないなら、鈴木君は、宇宙のはじまりや地球外生命体についてきわめて貴重なことを教えてくれたことになる。そうか、リゲル星系にも知的生命体がいるのか。そこでヌリャメガと名乗っていたということは、日本に鈴木という名前が多いのと同様に、リゲル星系の一地域にはヌリャメガという名前が多いのかな。などと想像が膨らむ。鈴木君はいやにトイレ掃除を気にいってるみたいだけど、案外、トイレっていう文化は宇宙全体的には珍しかったりして。という感じで興味がわいて、楽しい。

鈴木君には、天誅（てんちゅう）という特徴もある。天誅といっても、拳銃を使って「天誅」を下す、などのようなものではない。どうやら、人知及ばぬ手段による介入のよう

だ。

本作では、鈴木君の奇妙さと同じように、幕引きも印象的だ。物語が大きく揺れたあと、ぼくたちは犯罪事件の真相について考えることになる。けれども、自身の特徴にかんする鈴木君の発言を真とするならば、ぼくたちは自力で紡ぐ推理の中に、鈴木君のもたらしたものを組みこむことができる。鈴木君のもたらしたものを起点として、これはこういうことで、あれはああいうことで……といった調子で仮説を立てることができる。鈴木君の発言が真である限りは、その仮説が真相となる。探偵シャーロック・ホームズの言葉、「あり得べからざることを除去していけば、あとに残ったのがいかに信じがたいものであっても、それが事実に相違ないというのを、昔から私は公理としております」（コナン・ドイル「緑柱石の宝冠」／延原謙訳）が思いだされる。真相がうかびあがってくるということの趣向が、本作の醍醐味だと思う。

仮説の真実性を検証すべく、記述をいっそう注意深く読みなおす作業がおこなわれる場合もあるだろうか。鈴木君の存在は、論証というものの魅力をきわだたせる。

なお、「あり得べからざることを除去していけば……」という考えかたは要する

に、「あり得べからざること」と「(いかに信じがたいものであっても)あとに残ったの」のどちらを受けいれるか、という選択に問題を単純化するものである。これは、とらえようによっては、背理法の証明に似ている。命題を偽と仮定して、矛盾を示す。命題を偽とする仮定こそが偽だとみなすか、それとも矛盾を受けいれるか。背理法は命題の真偽をこの点からとらえる。背理法の定番といえば無理数にかんする証明だが、有理数の性質とくらべると、無理数の性質は「信じがたい」ものだといえよう。信じがたいけれども、背理法によると真である。こうして整理してみると、先の考えかたにおける「あとに残ったの」が命題に、「あり得べからざること」が矛盾に対応すると、よくわかる。

興味深いことに、背理すなわち不条理は、「何のためにこれから先も生き続けなければならないのだろう?」という心境にいたる芳雄の体験にも重なる。証明と芳雄の体験、両方の意味で、背理・不条理が本作の骨格としてうかびあがる。

本作にとどまらず、麻耶ワールドを俯瞰(ふかん)する。麻耶ワールドではしばしば、時間というものの性質、必然化された偶然を読むことができる。宇宙の時間は過去に未来に長く続いている(鈴木君によると永遠だそうだ)。物語の時間軸というもの

は、長い時間軸からなんらかの判断で切り取られた一部である。程度の差こそあれ、すべて、この意味で一般ではなく特殊である。犯罪という非日常を扱う物語ではなおさらのことだ。特殊性がいかに高まろうとも本質的な差はない。

麻耶ワールドにおける顕著な特殊性は、登場人物たちを苦しめることがある。そこで登場人物たちに責任はない。しかし麻耶作品で描かれる世界は、まるで機械的な処理のようにして、彼らを突きはなすことがすくなくない。登場人物たちは不条理と向きあうことになる。また読者は、謎解き的な姿勢で物語を楽しむ場合もあるだろう。そうした謎解きにかかわる精緻な技巧にも、機械的という形容は似あう。麻耶ワールドに漂うふしぎな力は、そういった点にあるような気がする。

最後に、麻耶のデビュー作『翼ある闇　メルカトル鮎最後の事件』（一九九一年、講談社）などに登場する「探偵」メルカトル鮎と鈴木君のちがいについても、すこし考えたい。鈴木君が真実を真実として扱うのに対して、メルカトル鮎は真実を推理として扱う。メルカトル鮎ならぬメルカトル図法で描かれた世界地図は、球面を無理やり平面に落としこんだものであるから、方角や国の面積にズレがある。同様に、メルカトル鮎が真実を推理として扱うときは無視できないズレが生まれる場合があり、これが物語の魅力となる。球面をそのまま球面として扱うならばズレ

はないが、球面上の図形は、ぼくたちが普段から慣れている幾何学——ユークリッド幾何学に従わないと解釈することもできる。メルカトル鮎との相違に注目することは、非ユークリッド幾何学の奇妙さとして、鈴木君の奇妙さをあらためて感じさせてくれる。メルカトル鮎にはメルカトル鮎の、鈴木君には鈴木君の魅力がある。

かつて子どもだったあなたと少年少女のための麻耶ワールド。芳雄が二十歳（成人）を迎えるのは十年後だ。そして今年は、ミステリーランドで本作が発表されてから、ちょうど十年。ユニークなタイミングといえるだろうか。

真相がうかびあがってくる趣向。読みごたえのある背理・不条理。

読者の一人として、このたびの文庫化をよろこばしく思う。

二〇一五年五月

本書は二〇〇五年七月「ミステリーランド」で、二〇一二年五月
講談社ノベルスで刊行されました。

|著者|麻耶雄嵩　1969年三重県生まれ。京都大学工学部卒業。大学では推理小説研究会に所属。在学中の'91年、島田荘司、綾辻行人、法月綸太郎各氏の推薦を受け、『翼ある闇 メルカトル鮎最後の事件』でデビュー。2011年『隻眼の少女』で第64回日本推理作家協会賞長編及び連作短編集部門、第11回本格ミステリ大賞をダブル受賞。2015年『さよなら神様』で第15回本格ミステリ大賞を受賞。新刊は毎年、各種ミステリランキングの上位に位置する人気作家。著書には他に『貴族探偵』『化石少女』『あぶない叔父さん』などがある。

神様(かみさま)ゲーム

麻耶雄嵩(まやゆたか)

2015年7月15日第1刷発行
2020年7月28日第15刷発行

発行者──渡瀬昌彦
発行所──株式会社　講談社
東京都文京区音羽2-12-21　〒112-8001
電話　出版（03）5395-3510
　　　販売（03）5395-5817
　　　業務（03）5395-3615

Printed in Japan

講談社文庫

定価はカバーに
表示してあります

デザイン―菊地信義
本文データ制作―講談社デジタル製作
印刷──中央精版印刷株式会社
製本──中央精版印刷株式会社

ISBN978-4-06-293081-9

文庫刊行の辞

睫に望みながら、われわれはいま、人類史上かつて例を見ない巨大な転
いる。
の予兆に対する期待とおののきを内に蔵して、未知の時代に歩み入ろう
あたり、創業の人野間清治の「ナショナル・エデュケイター」への志を
て、われわれはここに古今の文芸作品はいうまでもなく、ひろく人文・
西の名著を網羅する、新しい綜合文庫の発刊を決意した。
の時代である。われわれは戦後二十五年間の出版文化のありかたへの
絶の時代にあえて人間的な持続を求めようとする。いたずらに浮薄な
めることなく、長期にわたって良書に生命をあたえようとつとめると
化の真の繁栄はあり得ないと信じるからである。
合文庫の刊行を通じて、人文・社会・自然の諸科学が、結局人間の学
しようと願っている。かつて知識とは、「汝自身を知る」ことにつきて
報の氾濫のなかから、力強い知識の源泉を掘り起し、技術文明のただ
活させること。それこそわれわれの切なる希求である。

われわれは権威に盲従せず、俗流に媚びることなく、渾然一体となって日本の「草の根」をか
たちづくる若く新しい世代の人々に、心をこめてこの新しい綜合文庫をおくり届けたい。それは
知識の泉であるとともに感受性のふるさとであり、もっとも有機的に組織され、社会に開かれた
万人のための大学をめざしている。大方の支援と協力を衷心より切望してやまない。

一九七一年七月

野間省一